幼なじみが絶対に負けないラブコメ

[著]二丸修一

[絵]しぐれうい

CONTENTS

幼なじみが絶対に負けないラブコメ

OSANANAJIMI GA ZETTAI NI
MAKENAI
LOVE COMEDY

12

［著］
二丸修一
SHUICHI NIMARU
［絵］
しぐれうい

プロローグ

＊

最初の記憶は、母親の恨み言だ。

「哲彦《てつひこ》……あなたの父親はクズなのよ……」

確か幼稚園のころだったと思う。同じ組のやつが父親の話をしていたから、『なんでうちにはお父さんがいないの？』といった内容を聞いて返ってきた言葉が、今のようなものだった。

「私よりあんな芋臭い女を選んで……何が最初から愛していなかった、よ！　それはこっちのセリフよ！　お父さんが見合いを進めなかったら……あいつが芸能事務所の跡継ぎじゃなかったら……私は結婚しようとさえ思わなかったわよ！」

長い髪を振り乱し、皿を割るさまはまるで鬼のようだった。にもかかわらず、真っ赤なマニキュアの施された長い爪に光が当たって輝き、妙に綺麗《きれい》だったのを覚えている。

こうした母親のヒステリーは、日常的にあった。

　幼稚園当時、オレは神戸《こうべ》に住んでいた。母親の実家が神戸《こうべ》だったためだ。祖父は神戸《こうべ》で建築会社を創業し、立派な企業に育て上げた名士で、両親が離婚しても家庭は裕福だった。

　そのころのことはよく覚えていないが、母親がヒステリーを起こすと、祖父や祖母が諫《いさ》めていたらしい。

　東京に引っ越したのは、オレが小学校に上がるタイミングだった。

　母親は結婚前からデザイナーをしていて、父親との離婚後、より仕事に精を出すようになっていたそうだ。それが功を奏してか、東京に店を出す話を持ち掛けられた。そのことと、母親がオレを東京の名門私立小学校へ入れたがったことが重なり、引っ越すことにしたのだという。

　ただ祖父母は会社があり、神戸《こうべ》を離れられない。

　ヒステリーの傾向がある母親だけで子育てができるか心配だが、どうすればいいだろうか。

　そんな悩みを抱いていた祖父母に助け船を出したのが、叔父の甲斐清彦《かいきよひこ》だった。

「姉貴が忙しいときは、俺が哲彦《てつひこ》を見てやるよ」

　祖父からすれば、叔父は創業した建築会社を引き継ぐことをあっさり拒否し、ジャズに傾倒した放蕩《ほうとう》息子だそうだ。この時点で叔父はまだジャズ喫茶&バーを経営しておらず、サックス奏者としてギリギリ食っている状態だっただけに、しょうがない評価と言えるだろう。

　定職がない叔父だったが、それだけにオレの母親を支えるのに一番の適任者と言えた。

幸いと言うべきか、オレは小学校受験に合格。オレと母親は叔父の貧乏部屋に近いマンションに移り住んだ。

そこに——メイはいた。

「あ、あの、峰芽《みねめ》衣子《いこ》です……！　よ、よろしくです……！」

同い年で、同じマンションに住み、同じ小学校に通う唯一の子ども。

それがメイだった。

おかげで一緒に登校したり下校したりするなど、何かと一緒にいることが多かったのだが
——


オレは当初、メイが嫌いだった。


全体的にどんくさいのだ。

やることなすことが遅く、短気なオレはすぐにイライラした。

オレが怒るとメイは慌てて謝るが、あっという間にいつものニコニコ顔に戻っていて……それがさらにオレをイラつかせた。

今思い出してみると、なんでオレはあんなにイライラしていたのかと思う。

きっとオレには余裕がなかったのだ。

「哲彦《てつひこ》……あんた、父親に似てきたわ！　まったく嫌なところばかり似るものね！」

オレはこんなセリフを母親からよく言われた。そのたびに最低なやつの血を引いていることを感じ、自分自身に反吐《へど》が出た。

母親のヒステリーで心をすり減らしていたオレは、笑っているやつが嫌いだった。

オレが苦しんでいるのに、なんでこいつは笑っているんだと思っていた。

そう考える傾向は学年が進むうちに激しくなっていった。

オレは狡猾《こうかつ》なクソガキだった。

気に食わないやつがいればこっそり叩《たた》いてやったし、よくない噂《うわさ》も流した。そういった行動をしても、教師にバレないようにするのはお手の物だった。そういう機転が異常に利《き》くタイプなのだといつの間にか気がついていただけに、より性質《たち》が悪い。

まったく、殴りたくなるようなクズだ。

オレが苦しんでいるのと、笑っているやつには何の相関関係もない。

今ならそういう分別がつく。

だが当時は心に溜《た》まる黒いものが抑えきれず……結果、オレは嫌われた。

オレはカースト上位のようなものに興味はなく、ただうっぷんを晴らしているだけだった。

カースト最上位に立つこともできたが、そういうリーダー的立場は性に合わなかった。オレを恐れ、尊重していたやつらも、オレについていくうまみがまったくないため、少しずつ離れていった。

——そして気がついたとき、周囲に残っていたのはメイだけだった。


こいつだけはずっとオレの味方だった。

こいつだけが何でもオレの話を聞いてくれた。

こいつだけが——オレの傍《そば》にいた。

ヘラヘラしていたとしても、他のやつとは違う。

愛想笑《あいそわら》いじゃない。媚《こ》びを売ろうとしているわけじゃない。オレに合わせるために笑っているわけでもない。

ただただ、優しいやつだった。

「テツくんって、ホント凄《すご》いです！　どうしてなんでもすぐにできるんですか？」

よくメイはそんな風にオレのことを褒めた。

オレはただちょっと他の人より器用で、頭が回るだけだ。

そんなもの、大したことじゃない。

だってその程度のことができたって、父親に復讐《ふくしゅう》することができないのだから。

――哲彦《てつひこ》……あなたが私の代わりに復讐《ふくしゅう》するのよ……っ！

――あなたの父親さえいなければ、私の人生は狂わなかった……っ！

――あなたは私の無念を晴らすために生まれてきたのよ……っ！


愚かな母親の、おかしなたわごと。

でも、子どものころから繰り返し言われれば、やらなければならない気になってくる。

自然と母親に愛されたいと、思ってしまうから。

さらに成長し、小学校の高学年ごろになると、母親に愛されたいと思う時期は過ぎた。

以前より周りが見えてきて、母親に愛想《あいそ》をつかしたからだ。

でもクソみたいな父親のせいであんなたわごとを聞かされ続けたって怒りは、心の奥底に刻まれている。

だからオレの中で父親への復讐《ふくしゅう》は、人生の確定事項。これを乗り越えなければ何事も始まらないと言える目標になっていた。

「あいつにどうやったら吠《ほ》え面《づら》をかかせてやれるんだろうな……」

小学校からの帰り道、オレはよくそんなことをメイに話していた。

「わたしはテツくんに幸せになって欲しいと思いますけど……」

「あのクソ野郎のひどさを世間に知らせることがオレの幸せなんだよ」

ハーディ・瞬《しゅん》。

オレの母親を捨て、若いお抱えのタレントに浮気《うわき》をしたにもかかわらず、社会的制裁を受けなかったクソ野郎だ。それが原因でハーディプロを創業した母親（オレにとっては祖母）と関係が悪化したらしいが、アポロンプロダクションという大手芸能事務所で活躍しているだけに、結局はハーディプロの後継者になるだろうって叔父が言っていた。

足をすくってやりたくても、小学生が騒いだくらいじゃ戯言《たわごと》と笑われて済まされてしまう。ハーディ・瞬《しゅん》ほど金や権力を持つ人間ならば、多少の風聞をもみ消すことは容易《たやす》いだろう。

「そうですかぁ……。今は無理かもしれないですけど、テツくんならいつか必ずできますよ」

メイはいつもそう言ってオレを励ましてくれた。

「テツくんはわたしなんかと違って、凄《すご》いんです。だから大丈夫です」

「メイ……」

十年ちょっとしか生きていないガキの自分では、大きな力を持った父親にどうやったら届くのか、まったく見通しが立たなかった。あまりに遠くて、永遠に届かない気もした。

でも、メイがそう言ってくれるから――

オレならできると信じてくれるから――

オレは、オレのことが信じられた。

オレにとって、母親は父親への呪いを聞かせるクソみたいな存在で、母親らしいことなんてされたことがない、胸糞悪《むなくそわる》い他人だった。

父親は最低の環境を作った張本人で、いずれこれまでの怨念を叩《たた》きつけてやりたい敵だった。身近な家族は叔父だけだった。叔父はオレに生き方から遊び方まで教えてくれた、頼りになる兄貴的存在だった。

でもそんな叔父だって、年は相当離れている。

友達とはいえないいし、仲間でもない。

同じ年で、自分のことを全部話せて、尊重してくれる——オレの幼なじみ、メイ。

あのとき、あのころ。

メイこそがオレにとって、唯一の光だった。

第一章　代弁者

＊

ギラギラと照り付ける日差し。

朝一番から雲一つない快晴で、降水確率は0パーセント。

天気の良さは気分を高揚させるが、真夏の場合は別だ。特に最近は過剰な熱を放つ太陽に勘弁してくれと言いたくなるほどで、命の危機すら感じさせる。

道を歩けばコンクリートの反射熱もまた強烈だ。学校指定のスニーカーではなく、今すぐサンダルに履き替えたいという衝動にかられた。

「はい、ハル。ハルのことだから、飲み物持ってきてないでしょ？」

黒羽《くろは》がスポーツバッグからペットボトルを取り出して、俺に差し出してくれる。

ペットボトルのラベルははがされていて、下半分が凍っていたため、お手製のものであることがうかがえた。

「おおっ、ありがとな！」

俺は礼を言って受け取ると、ギラギラと輝く太陽にペットボトルをかざした。

……色、よし。

……怪しいにごり、なし。

……重さ、通常通り。

今のところ、普通の麦茶に見える。

しかしどれほど喉が渇いていても焦《あせ》ってはいけない。

ここでがっつくのは黒羽《くろは》を知らない素人《しろうと》だ。黒羽《くろは》が差し出してくれた飲食物は警戒しすぎても、しすぎることはない。そう、見た目がいくら麦茶だとしても、中身が違うかもしれないのだ。

「……それ、お母さんが作ってくれたんだけど」

「いただきます！」

俺は速攻でキャップを取り、むさぼるように喉を潤した。

「あ～、うめ～っ！」

「ちょっとハル？　その対応ひどくない？」

黒羽《くろは》がねめあげてくる。

その可愛《かわい》らしいにらみに俺はほだされかけたが、瞬時に心を鬼にした。

「確かにそうかもしれないが、俺も命がかかってるからな」

そう告げて、俺はペットボトルに口をつけた。

「ひどいな～。あ、ちなみにそれ、健康にいいように、あたし特製の漢方薬を仕上げに入れたから」

「ぶふっ！」

思わず噴き出す。

空中を舞う麦茶に陽《ひ》が当たり、キラキラと輝いた。

「ごほっ、ごほっ！」

俺が咳《せき》をすると、黒羽《くろは》はケラケラと笑った。

「あははっ、ハル、冗談だって！　あたし特製の漢方薬なんてあるわけないじゃん～」

俺はビルの日陰で立ち止まると、ペットボトルをバッグに入れて黒羽《くろは》の両肩に手を置いた。

「クロ、言っていいことと悪いことがある……。気をつけてくれ……」

「ちょっと～。も～、失礼だなぁ～」

「失礼かもしれないが、こっちも必死なんだ」

黒羽《くろは》は不服そうに三つ編みを指に巻き付けてクルクル回したが、冗談にならないのでじっとにらみつけた。

「うわっ、あそこの高校生カップル、この暑さなのにイチャついて……」

「もーっ、見ているほうがやってらんないね！　今、学生は夏休みでしょ？　制服デート？」

「うらやましー」

少し離れたところをOLらしき若い女性たちが過ぎていく。

その会話がモロに聞こえてしまい、俺は照れながら黒羽《くろは》から手を離した。

「……行くか」

「……うん」

なんとなく気まずくなりながら、俺たちは再び並んで学校へ向かった。


『——できれば卒業までに、告白の回答を聞かせて欲しいな』


俺は昨年のクリスマスに黒羽《くろは》から告白されている。

しかし明確な期限ができたことで、より強く黒羽《くろは》を意識するようになっていた。

長い付き合いがあるから、通常は二人きりになっても冗談を交わし合う仲だ。ただふとしたことをきっかけに、魅力的な異性であることを再認識してしまう。

今だって気恥ずかしいのだが、胸が高鳴り、黒羽《くろは》がどんな表情か見たくてしょうがなくなってしまっていた。

チラリと横目で黒羽《くろは》の様子をうかがう。

黒羽《くろは》は身長が低いので上から見下ろす形になるのだが、先ほど手を置いた肩が汗で濡《ぬ》れ、シャツが少しだけ透けて下着の肩紐《かたひも》が見えた。

「っ！」

見てはいけないものを見た気がして、俺はバッグからタオルを取り出して渡した。

「ハル、どうしたの？」

「これ……夏だと透けやすいから……」

「えっ⁉」

黒羽《くろは》は小動物のように愛らしい顔を真っ赤にした。

「あっ、ありがと……」

受け取って、黒羽《くろは》はタオルを首にかけた。

そしてなぜかいたずらっ子っぽい笑みを浮かべた。

「…………見えた？」

「ぶっ！」

噴いたと同時に、汗がどっとあふれてきた。

「み、見てないけど？」

「も～っ、あいかわらずハルは嘘《うそ》がつけないよね～。まあ幼なじみということで、ちょっとくらいサービスしてあげてもいいけど？」

俺はごくりと唾を飲み込んだ。

「……さ、サービスって？」

俺の視線はつい黒羽《くろは》の胸部に向かっていた。

身長と比較し、狂暴なその胸だ。

さすがにインナーをつけているため透けて見えることはないが、その荒ぶる狂暴性は外からでも十分に視認することができる。

「……どこ見てるの。ハルのエッチ」

「ぐっ——」

上目遣いの破壊力が、今日の日差しより強い。

色気と小悪魔性の同時攻撃は黒羽《くろは》特有のものだ。

白草《しろくさ》は色気こそあるが、小悪魔さはない。

真理愛《まりあ》は小悪魔なところがあるが、色気は——いや、これは言うまい。

クラクラする。これは三十度を超えている熱気のせいか、それとも別のもののせいか、よくわからなくなっている。

……ダメだ。

俺はこの間、公開生放送で真理愛《まりあ》に告白された。

ホワイトデーには白草《しろくさ》に告白されている。

大事な二人から、大切な気持ちを送られているのだ。

だからこそ勢いで流されてはいけないのに——

「二人ともなにやってんだ？」

少しずつ距離が近くなっていた俺たちにかかる声。

碧《みどり》のものだ。

「あっ！」

「んっ！」

俺たちは我に返り、慌てて飛びのいた。

碧《みどり》がジト目で俺たちの様子を見つめてくる。

黒羽《くろは》が髪形を整えながら言った。

「ちょ、ちょっと暑くて休んでたの！」

さすが黒羽《くろは》、いい感じにごまかした発言だ。

俺は素早く黒羽《くろは》の返しに乗った。

「そうそう！　今日暑すぎだよなーっ！」

「だよねーっ！」

「ふーん……」

碧《みどり》は制服のシャツの袖をグルグルと肩まで巻き上げていて、スポーツバッグを右手で軽々と担《かつ》ぎ上げて目を細めている。

「ま、いいけどさ。行こうぜ」

セリフ自体はおかしくないが、言い方がとげとげしい。

どうやら碧《みどり》の機嫌は悪いようだ。

俺は場の空気を緩めるため、歩きながら尋ねた。

「そういやミドリ、お前が寝坊って珍しいな」

碧《みどり》は生粋の体育会系だ。

それだけに朝練は慣れたもの。四姉妹の中で、もっとも朝に強いのは碧《みどり》だ（一番朝が弱いのは朱音《あかね》で、黒羽《くろは》と蒼依《あおい》はどっこい）。

「……は？」

碧《みどり》は何度か瞬《まばた》きした。

「は？　じゃないって。お前が寝坊したから、俺たちが先に学校に向かうことになったんだろ？」

碧《みどり》が息を呑《の》んだ。

「クロ姉ぇ……まさか……」

驚愕《きょうがく》で目を見開かせる碧《みどり》に対し、黒羽《くろは》は余裕の笑みを浮かべた。

「碧《みどり》、この前の期末テストで力になってあげた借り、忘れてないよね？」

「っ⁉　それを持ち出すのは卑怯《ひきょう》だろ、クロ姉ぇ⁉」

「えー、なんのことかわかんないけど？」

黒羽《くろは》はペロッと舌を出し、明後日《あさって》の方向に視線を向けた。

……えーと、俺は今日、黒羽《くろは》と時間を合わせて学校に向かっていた。まあお隣さんで、登校目的である部活も同じなので、自然と一緒に行こうという形になった。

この条件は黒羽《くろは》にだけ当てはまるわけじゃない。碧《みどり》にも当てはまる。

だから当初は碧《みどり》も一緒の予定だったが、俺の家に来た黒羽《くろは》が『碧《みどり》は寝坊したから遅れてくる』と言ったのだ。

それで俺は納得していたわけなのだが、今のやり取りを見る限り――

「クロ、もしかして……俺と二人で登校するために、碧《みどり》を置いて先に家を出たのか……？」

「スエハル、たぶんそれ、せいか――」

黒羽《くろは》は背伸びをし、碧《みどり》の口を手でふさいだ。

「その話はやめて、もっと楽しい話しない？」

「んーんーっ！」

碧《みどり》は何かを言おうとしているが、黒羽《くろは》は許さない。黒羽《くろは》の満面の笑みには、話を蒸し返すなという圧力がこもっている。

……うん、怖いっ！

俺は震え上がって、頷《うなず》いた。

「さて、ミドリ。別の面白い話しようぜ！」

「あっ、スエハル！　てめぇ、クロ姉ぇの脅しに屈しやがったな！」

「さぁて、なんのことだか」

あいかわらずの黒羽《くろは》の腹黒ぶりに俺も思うところはあるのだが、碧《みどり》に嘘《うそ》をついたのは『俺と二人で登校したかったから』という嬉《うれ》しい黒羽《くろは》の気持ちが根底にある。それだけに怒り切れず、姉妹喧嘩《げんか》には触れないでおこうと決めたのだった。

「この裏切り者！」

「ギブギブ！」

あいかわらず碧《みどり》は暴力的だ。俺がとぼけるなり、腕の関節を極《き》めてきやがった。

「クロ、助けてくれ！」

「ごめんね、ハル。一個貸し借りなしにしたから、碧《みどり》を刺激したくないの」

「それって嘘《うそ》ついて碧《みどり》を置き去りにしたの、事実って認めてるのと同じじゃねぇか！」

「ハル、がんばっ！」

「がんばじゃねーってでででで！」

碧《みどり》は許しが出たとばかりに関節をさらに強く極《き》める。

くそっ、この姉妹。よく喧嘩《けんか》するくせに、根本的には仲がいいんだよな。

「はー、暑い暑い」

我関せずとばかりに、黒羽《くろは》が頬をハンカチで拭い、胸元のシャツをパタパタさせて空気を胸元に取り込んだ。

「この暑さ、今年はどうなってるんだろ」

黒羽《くろは》の鎖骨が、ちらりと見える。

俺は碧《みどり》の攻撃から脱出しながら、疲労とは違う心拍数の跳ね上がりを覚えていた。

(黒羽《くろは》の可愛《かわい》さにほだされちゃダメだ)

可愛《かわい》さというものは強い。

強面《こわもて》の大人が赤ちゃんの笑顔でメロメロになってしまうのと同じように、一瞬で心を奪われてしまうことがある。

(全部許していたら、俺はきっといつまでも尻に敷かれてしまう――)

ふと俺は心の中でつぶやき、ハッとなって頭を振った。

(って、クロと付き合うって決まったわけでもないのに、俺は何を妄想しているんだ……)

きっと俺は無意識にコロコロと表情を変えていたのだろう。

黒羽《くろは》と碧《みどり》は顔を見合わせ、

「ハル、どうしたの？」

「何考えてるんだか」

と言って呆《あき》れるのだった。

*

穂積野《ほづみの》高校は倉庫などの一部の部屋を除いて、全部屋冷暖房が完備されている。

体育館の奥にある第三会議室も、元々会議や更衣室として設計されているらしい。そのためちゃんとエアコンが完備されていた。

「おお〜、涼しい〜」

「あ、先輩、お疲れ様っす」

先に来ていたのは陸《りく》だった。

「お前が先に来てくれてて助かったぜ〜」

俺は携帯扇風機を取り出してスイッチを押した。

外で使っても熱風になるだけで意味がないが、冷えた部屋ならば別だ。熱をもった皮膚を風が癒やしてくれる。

陸《りく》はぐっと親指を立てると、白い歯を見せた。

「先輩がそう言うと思って、ちょっと早めに来てつけておきました！」

「お前、もしかして花嫁スキル、うちの部活で一番高いんじゃ……？」

あいかわらず不良っぽいリーゼントをしているくせに、気《き》が利くやつだ。

「うーん、ハル。現代で花嫁スキルはちょっと危険なコメントかも」

腕を組み、黒羽《くろは》がつぶやく。

予想外のセリフに、俺は目をパチクリさせた。

「え、そうか？」

「配慮するのがいい女性って思い込みが入っているっていうか」

「あー、確かに……。そりゃ悪かった」

碧《みどり》が横から口を挟んできた。

「マジマの場合は花嫁スキルというより子分スキルなんだよなー。親分に対する子分の行動ってのが一番ぴったりくる」

「うまいこと言うな、ミドリ」

俺は納得し、うんうんと頷《うなず》いた。

「志田《しだ》ぁ！　先輩たちはともかく、お前に言われる筋合いはねぇぞ！」

「実際子分ムーブだろ！」

「お前も先輩たちを敬えよ！」

「アタシがあの二人の尻ぬぐい、どれだけしてきたかわかって言ってんのか⁉」

あの二人とは当然、俺と黒羽《くろは》のことだ。しかもわざわざ指を差してくるところが碧《みどり》らしい行動だと言えるだろう。

ややピキッと来た俺は、言い返してやった。

「俺もお前のお世話、随分してきたわけだが？」

「は？　スエハルが？　あー、はいはい。先輩風吹かせたいんだな。口だけってわかってるけど、一応聞いてやるよ。アタシに何をしてきたって言うんだ？」

ぐっ、こいつ完全に俺をなめてやがる。

ならばあまり言わないようにしていた秘蔵のネタを明らかにして、先輩としての威厳を取り戻す必要があるだろう。

「お前が小学校二年生のとき、セミが突然顔に止まったせいで漏らしたことがあったろ？」

「はっっっっっ？」

碧《みどり》の顔がゆでだこのように真っ赤になった。

「そのときうちで洗ってやったことが――」

「ぶっ殺す！」

碧《みどり》が襲い掛かってきた。

首を絞めようとしてきたので、俺は慌てて防御するため、碧《みどり》の両手首をつかんだ。

ここからは押し合いだ。

「あのときお前、俺にめっちゃ感謝しててさ。『お礼に結婚してやるよ』とまで言ってたのに、俺は悲しいぞ」

「記憶をなくせぇぇぇ！」

「間島《まじま》くん、暑苦しいからリモコンで気温下げてくれない？」

「了解っす、志田《しだ》先輩」

呆《あき》れる黒羽《くろは》と陸《りく》を横目に、俺と碧《みどり》は押し合いを続けていると、白草《しろくさ》が部屋に入ってきた。

「今日は暑いわね、スーちゃん」

俺はひらりと碧《みどり》の勢いをかわし、髪形を整えた。

白草《しろくさ》の美しい黒髪はつやつやに輝き、頬は汗ばんで上気している。

黒羽《くろは》の前で碧《みどり》と喧嘩《けんか》をするのは昔からだが、白草《しろくさ》にみっともないところを見られるのは恥ずかしい。それは碧《みどり》も同様だったようだ。

碧《みどり》は『覚えてろよ』と小さくつぶやいて自分の席に戻っていった。

白草《しろくさ》は自然な仕草で俺の横に座った。

軽く胸元のシャツをつまんで携帯扇風機で風を浴びる白草《しろくさ》は、健康的でありながらも高貴にも感じられる魅力に溢《あふ》れている。

「いでっ！」

俺がつい惚《ほう》けてしまっていると、逆側に座る黒羽《くろは》に太ももをつねられた。

「大丈夫、スーちゃん？　暴力的な人には近寄らないほうがいいわよ」

「可知《かち》さん？　わざとらしく胸元を開けるのは反則じゃない？」

「この暑さなら仕方がないことじゃないかしら？」

さらりと言って、白草《しろくさ》は目線を横に流した。

「碧《みどり》ちゃん？　志田《しだ》さんも同じようなことしてなかった？　私の予測じゃ、私よりもっと露骨なことをやっていると思うんだけど」

「やってました」

「碧《みどり》っ！」

即座にゲロッた碧《みどり》に黒羽《くろは》の怒りの声が飛ぶ。

「あなた、どっちの味方よ！」

「白草《しろくさ》さんだよ！」

「なんでよ！」

「自分の胸に聞いてみろよ！」

ぎゃーぎゃーと姉妹喧嘩《げんか》をしているところに、真理愛《まりあ》がやってきた。

そして姉妹喧嘩《げんか》を眺め、胸の前でポンッと手を叩《たた》いた。

「えーっと……暑苦しいですし見苦しいですので、しばらくお二人は廊下に行っていただいてもらっていいでしょうか？」

「モモさん、あたしの席を狙ってるの丸わかりだから」

黒羽《くろは》の発言を裏付けるように、真理愛《まりあ》はそそくさと黒羽《くろは》の荷物を横にどけ始めていた。

「なるほど、そういうことか！　この腹黒タヌキ！」

碧《みどり》が急遽《きゆうきよ》姉の味方になって追撃を加えるが、真理愛《まりあ》はひるまない。

ひどい猛暑にもかかわらず、涼しい顔で告げた。

「おやおや、碧《みどり》ちゃんの暴言にかんしては後でお仕置きするとして……黒羽《くろは》さん、モモにはそんな狙い、ありませんよ？」

「へぇ、口ではどうとでも言えるけど？」

「だってそんなことで争う必要なんてないじゃないですか。モモはすでに〝全国のファンから末晴《すえはる》お兄ちゃんとの恋愛を応援されている〟んです。いわば、王者の余裕とでも言いましょうか？　すでに運命は収束しようとしています。ささいなことで喧嘩《けんか》するつもりはありません」

演劇のヒロインのようにポーズをつけて浸る真理愛《まりあ》に対し、黒羽《くろは》と白草《しろくさ》が鋭く突っ込んだ。

「ネットで調べたら、モモさんのファンは阿鼻叫喚だったんだけど」

「そもそも応援だけで勝てると考えるのは大間違いだわ」

「……負け犬の遠吠《とおぼ》えですね」

真理愛《まりあ》がボソッとつぶやく。

外なら雑音もあって届かないかもしれないが、第三会議室は狭いので全員にしっかりと聞こえていた。

「モモさんなんて言った⁉」

「ちょっと今の発言は見逃せないわよ！」

「おっ、全員揃《そろ》ってんな～！」

今度は哲彦《てつひこ》が玲菜《れな》と一緒にやってきた。

これで群青《ぐんじょう》同盟全員が揃《そろ》ったことになる。

これ以上喧嘩《けんか》していても泥沼になると思ったのだろう。

部活が始まるタイミングをきっかけに黒羽《くろは》たちは矛を収め、各々《おのおの》席についた。

哲彦《てつひこ》はボストンバッグを床におろし、全員の顔を見回す。

「台本、忘れてねーよな？　まず今日の撮影箇所、最終チェックするから出してくれ」

全員が台本を取り出そうとする中、哲彦《てつひこ》と一緒に来た玲菜《れな》が軽く手を挙げた。

「じゃっ、あっしは廊下でカメラのチェックをしておくっス」

「頼んだ」

今回のショートムービー制作で、哲彦《てつひこ》は監督、玲菜《れな》はカメラマン兼監督補佐をすることになっている。

いわば二人が全体を統括する役目だ。この阿吽《あうん》の呼吸を見る感じでは、事前に打ち合わせをしてきたのだろうか？

哲彦《てつひこ》の撮影への意気込みを考えると、あり得ないことではなかった。

俺たちは哲彦《てつひこ》の指示に従い、各自台本をテーブルの上に出した。

すでに俺の台本の角は少し曲がり、汚れている。この台本を渡されて一か月ほど経《た》っているためだ。

撮影は夏休みからと決められ、ここ一か月は演技の練習に費やしてきた。

哲彦《てつひこ》は黄色の付箋をつけたページを開いた。

「さて、今日の撮影だが、まず最初に――」

ついに、撮影が始まる。

撮影初日のワクワク感は、いつもたまらないものだ。

あれだ。修学旅行で遠出する際の、電車やバスでのワクワク感に似ている。

ただ今回、俺は何となく集中できずにいた。ぼんやりと哲彦《てつひこ》の話に合わせつつ、台本をめくる。

俺が集中できていないのは、今までのドラマ撮影とあまりにも違う部分があるためだ。

このショートムービーは、一言で表現すると、

――哲彦《てつひこ》の、これまでの人生の集大成。

なのだ。

映画もドラマも、小説も漫画もゲームも、視聴者や読者に何かしらの感情を与える、エンターテインメントの産物と言えるだろう。『何かしらの感情』の部分には、楽しいや面白いが入ることが多いが、感動や恐怖、はたまた無常観なんて場合もある。

でも今回ばかりは違う。もちろんエンターテインメントの産物なのだが、それだけじゃない。

だからつい気になってしまう。

哲彦《てつひこ》……お前は今、どんな気持ちで仕切っているのだろうか、と。

ふいに、記憶の蓋が開く。

俺の脳裏をよぎったのは、初めて物語を読んだ後、哲彦抜きで話し合ったときのことだった。

＊

――一か月ほど前のこと。

激動の俺と真理愛《まりあ》の生放送が終わり、その夜に白草《しろくさ》の家で、俺は哲彦《てつひこ》にショートムービーの原稿をデータで送るよう依頼した。そして俺が家に帰って風呂《ふろ》に入った後、依頼通りデータは送られてきていた。

原稿のタイトルは『隻腕のオイディプス』。

哲彦《てつひこ》の草案から、白草《しろくさ》が執筆したと聞いている。

俺はその日が金曜であったことを幸いに、むさぼるように原稿を読んだ。

そして……読み終えた後、決めた。

哲彦抜きで話し合いを行わなきゃ、って。

哲彦《てつひこ》は二日後、スタッフ決めの会議をすると言っていた。

だから俺はみんなにこういうメッセージを送った。

『明日、哲彦《てつひこ》抜きで集まらないか？　原稿について話したいんだ』

その結果、翌日の昼、白草《しろくさ》の家に哲彦《てつひこ》を抜いた群青《ぐんじょう》同盟のメンバー……俺、黒羽《くろは》、白草《しろくさ》、真理愛《まりあ》、玲菜《れな》、碧《みどり》、陸《りく》が集合することになった。

「あ、総一郎《そういちろう》さん。すみません、二日連続でお世話になってしまって」

俺が白草《しろくさ》の家の広々とした庭を抜け、玄関にたどり着くと、白草《しろくさ》だけでなく総一郎《そういちろう》さんもいた。

「気にすることはないよ。いつでも来るといい」

あいかわらず総一郎《そういちろう》さんは紳士な態度で優しい言葉をかけてくれる。

「お休み中のところお邪魔します」

「お邪魔しますーっ！」

俺と一緒にいた黒羽《くろは》と碧《みどり》も挨拶する。

土曜日だから総一郎《そういちろう》さんは家でくつろいでいたに違いない。騒がしてしまう申し訳なさはあったのだが、白草《しろくさ》の家はとても広いだけに、七人ものメンバーが集まるのに最適な場所なのだ。

珍しいのは、総一郎《そういちろう》さんがわざわざ出迎えてくれたことだった。

過去総一郎《そういちろう》さんは、俺たちが家に来たとき、気をつかってか、特別用がなければ顔を出さないことが普通だった。

逆を言えば今日、玄関で待っていたってことは用があるってことになる。

なので俺から聞いてみた。

「総一郎《そういちろう》さん、今日は何か……？」

総一郎《そういちろう》さんは軽くあごひげに触れた。

「ああ、大したことじゃないんだが、今日は甲斐《かい》くん抜きでの集まりらしいね。マルちゃんが主導したみたいだけど、どうしてそうしたのか少し気になってね」

総一郎《そういちろう》さんは群青《ぐんじょう》同盟設立のころから多くの協力をしてくれた人だ。まともな顧問がいないうちの部活における、実質的な監督役と言えるだろう。

そのため包み隠さず言うべきだと思った。

「あいつって、たくさん隠し事をしてるじゃないですか。もしかしたら総一郎《そういちろう》さんなら、俺より事情を知っているかもしれませんが」

「…………」

総一郎《そういちろう》さんは口元を引き締めたが、何も言わなかった。

「昨日、群青《ぐんじょう》同盟の集大成と言えるショートムービーの原稿を読んだんですが、いろいろと思うところがあるというか、見えてきたところがありまして……。あいつ抜きで打ち合わせておいたほうがいい部分があるかな、と」

「……まあ、もっともだ」

肯定する口ぶりからして、総一郎《そういちろう》さんは哲彦《てつひこ》の秘密を相当知っているに違いない。

「マルちゃん、忠告というほどじゃないんだが、一つだけいいかな？」

「何でしょう？」

「彼はいろいろな想《おも》いを抱えている。それは大人の立場からでは、むしろ傷つけてしまうであろう繊細な想《おも》いだ」

総一郎《そういちろう》さんの表情は、いつになく苦々しい。

娘としてもあまり見たことがない表情だったのだろう。

白草《しろくさ》は何度も瞬《まばた》きをした。

「パパ……？」

白草《しろくさ》の強い驚きには、おそらく白草《しろくさ》独自の理由がある。

俺は哲彦《てつひこ》が群青《ぐんじょう》同盟のリーダーとして、総一郎《そういちろう》さんと知らないところで様々な相談していたことを知っていた。また総一郎《そういちろう》さんがただの気のいい紳士ではなく、会社の社長として優秀な人であり、哲彦《てつひこ》に好き勝手やらせるほど無責任な人ではないこともわかっている。

しかし引きこもりになってしまったことがある白草《しろくさ》にとって、総一郎《そういちろう》さんはいつも自分を慈《いつく》しんでくれた優しい父親の側面がどうしても強いだろう。そのため仕事の顔はあまり見たことがないだろうし、白草《しろくさ》自身哲彦《てつひこ》への苦手意識もある。それだけに二人がどんなやり取りをしているか興味がなかったし、想像もつかなかったに違いない。

総一郎《そういちろう》さんはゆっくりと告げた。

「マルちゃん、甲斐《かい》くんがどんな態度を取ろうとも、間違いなく群青《ぐんじょう》同盟のメンバーがもっとも身近な存在で、彼にとってかけがえのないものだ」

「……はい」

「だから、ずっと友達として彼の傍《そば》にいてあげて欲しいと、一人の大人として思っているよ」

「……わかりました」

総一郎《そういちろう》さんは大きく頷《うなず》き、ゆっくりしていきなさいと言って家の奥へ消えていった。

＊

哲彦《てつひこ》抜きの群青《ぐんじょう》同盟メンバーが勢ぞろいした、白草《しろくさ》の家のリビング。

全員の前に冷たい麦茶が出ているが、今回俺から白草《しろくさ》に頼み、紫苑《しおん》ちゃんには席を外してもらっている。かなり真面目な話をしなければならないと考えていたためだ。

白草《しろくさ》は機転《きてん》を利かせ、紫苑《しおん》ちゃんに前から行きたいと思っていた喫茶店の偵察を依頼してくれたらしい。おかげで麦茶は中年女性のメイドさんが出してくれ、現在落ち着いた雰囲気ができていた。

「みんな、読んだよな？」

俺の問いに、各々《おのおの》が頷《うなず》く。

話のとっかかりを作ろうとしてくれたのだろうか。

真理愛《まりあ》が尋ねた。

「白草《しろくさ》さん、タイトルの『隻腕のオイディプス』とは、やはり『オイディプス王』から取られているのでしょうか？」

「ええ、そうよ」

「あのー、すんません。『オイディプス王』ってなんすか？」

陸《りく》が後頭部を掻《か》きながら聞いてくる。

白草《しろくさ》が場を見渡した。

「この中で『オイディプス王』を知ってる人は？」

俺と真理愛《まりあ》が手を挙げた。

逆に言えば後のメンバー……黒羽《くろは》、玲菜《れな》、陸《りく》、碧《みどり》は知らないということだ。

「ああ、なるほど。演劇経験者だけが知っているわけね」

「古代からある著名な演劇ですから」

「可知《かち》先輩でも桃坂《ももさか》先輩でもいいんですが、軽く説明してくれないっすか？」

こういう陸《りく》の率直さはとてもいい長所だ。物語を演じたり作ったりするうえで、スタッフの理解度はクオリティに直結する。

一番困るのは知ったかぶりをされることだ。だからこそ、わからないならわからないとはっきり言ってくれたほうがいい。その点、陸《りく》は素直に聞いてくるので、ありがたいことだ。

碧《みどり》なんかはああ見えて気をつかうタイプだし、姉である黒羽《くろは》や喧嘩《けんか》仲間みたいな俺がいるから、恥をかきたくなくて黙ってスルーしてしまうことが多い。

群青《ぐんじょう》同盟全体で見ると、陸《りく》は誰とも等距離できっちり関係を築いているので、中立でしがらみがない。加入して数か月しか経《た》っていないが、いつの間にか潤滑油のような役割を果たすようになってくれていた。

「じゃあ、モモが」

陸《りく》の問いを受け、真理愛《まりあ》が手を挙げた。

「まず書かれた時代ですが、確か古代ギリシャ戯曲なので、二千年以上前の作品ですね」

「よく現代まで伝わってるな、それ」

碧《みどり》が唸《うな》った。

「それだけの名作であり、強烈なテーマがあるんですよ」

「テーマ?」

真理愛《まりあ》は一拍空けて告げた。

「――〝父殺し〟と〝実の母との親子婚〟です」

「うげっ!」

碧《みどり》が顔を歪《ゆが》ませる。

碧《みどり》はドラマや映画が好きだが、ライトなエンタメ作品が好みだ。とんでもなく重いテーマを聞いて拒絶感を示すのは無理もないだろう。

白草《しろくさ》が補足した。

「著名な精神科医フロイトは『オイディプス王』を通じて、『男児の母親に対する同化願望』、そして青年の通過儀礼としての『精神的親殺し』といったことを語っているわ」

「『男児の母親に対する同化願望』とか、マザコンにしか聞こえないんすけど」

陸《りく》も体育会系の気質を持っているだけに、碧《みどり》ほどの拒絶反応はないが、あまり好まない内容のようだ。

白草《しろくさ》が麦茶を一口飲んだ。

「そこはもう少し柔軟に『親への愛情と巣立ち』くらいに考えれば受け止めやすいと思うわ。ただまあ文学的に言えば、男性が恋人に母性を求めたり、逆に女性が男性に父性を求めたりと、自立した大人を描くときでも、根底に残るキャラクター性として無視できないものよ」

「はぁ……」

陸《りく》の気のない返事からして、きっとわかってないだろう。

俺も最後のあたりはわかりづらかったが、今回のショートムービーとは関係ない部分なので、わかったふりで誤魔化すことにした。

「今回の話〝父殺し〟がテーマなのはわかるけど、主人公は母親に対して愛情ってなかったよね？　その点が『隻腕』ってこと？」

黒羽《くろは》の質問は俺も聞きたかったことだった。

白草《しろくさ》は首を縦に振った。

「そう。『オイディプス王』の二大テーマのうち、一つに絞った物語だから、隻腕ってこと」

陸《りく》がため息をついた。

「カッコつけすぎじゃないっすか？　おれ、隻腕が読めなくて、三十分もネット検索したんすよ？」

「カッコいいほうがいいじゃん！　さすが白草《しろくさ》さんだって！」

「碧《みどり》も読めなくてあたしに読み方聞いてきたけどね」

ポロリと黒羽《くろは》は裏事情を漏らした。

「ずるいぞ、志田《しだ》！」

「べ、別にいいだろ！　アタシは読めたなんて一言も言ってないし！」

ギャーギャー騒ぐ一年コンビが話を逸脱させそうになったのを見て、俺はくしゃりと髪を握りしめた。

「お前らストップ。先を話したいんだが」

二人は争いをやめたが、碧《みどり》が突っかかってきた。

「なんだよ、スエハル。真面目ぶっちゃって」

「今日はちょっと、真面目に話したいんだよ」

ショートムービーの原稿を見たことで、哲彦《てつひこ》の隠してきた過去や行動原理が見えてきた。

その内容は明らかに楽しいものじゃない。重く、苦しく、哲彦《てつひこ》の抱えた闇が垣間見《かいまみ》えるものだ。哲彦《てつひこ》の過去を深く知るからこそ、総一郎《そういちろう》さんは俺を玄関で出迎えて、軽い注意とお願いをしてきたのだろう。

そんな繊細な話題なだけに、俺は哲彦《てつひこ》の友達として真面目に向かい合う必要があった。

「……わかったよ」

碧《みどり》はちゃんと空気が読める。俺の真剣さを受けて、騒いで悪かったとばかりにしゅんとなって席に座った。

「まずこの場で一回、みんなで声を出して台本を読んでみないか？」

俺がみんなに声をかけてやりたかったことはいくつかあるが、そのうちの一つがこれだった。

「本読み、ということですね」

真理愛《まりあ》の言葉に、俺は無言で頷《うなず》いた。

やはり真っ先に陸《りく》が聞いてくる。

「本読みって、みんなで台本を読むことっすか？」

「演劇用語で、作者や演出家が出演者を集めて脚本を読んで聞かせることだ。これ、物語を理解するうえで凄《すご》く大事な作業だと思うんだが、俺とモモ以外はそういう習慣がないと思ってな」

「はー、なるほどー」

「みんな、これ」

白草《しろくさ》がクリップで留めただけの紙束を一番近くにいた碧《みどり》に渡す。

俺が昨日頼んでおいた、原稿を印刷したものだ。

「俺も昨日一度原稿を読んだだけだから、理解度高めるためにも、みんな付き合ってくれ」

「そういうことなら」

黒羽《くろは》が手伝うために立ち上がる。そして紙束を抱えると、素早く一人一人に渡して回っていった。

「ハル、誰がどのセリフを読むのかはどうするの？」

「昨日、哲彦《てつひこ》が原稿を送ってきた際、想定の役者も書いてあっただろ？」

「うん」

「それ通りで。哲彦《てつひこ》の役は俺がやる。あと役が振ってなかったやつは、男性が俺で、女性はモモが読むってことで」

「了解しました」

真理愛《まりあ》は演劇に慣れているため、いきなり話を振っても任せられるのは助かる。俺が全部読んでもいいが、いくら端役《はやく》と言っても読み手の性別を一致させたほうがストーリーを呑《の》み込みやすい。

「じゃあ……始めるぞ」

俺の合図で、みんなが紙をめくる。

俺は物語に没入していった。

＊

――『隻腕のオイディプス』。

《配役》
徹弥《てつや》……丸《まる》　末晴《すえはる》

七海《ななみ》……桃坂《ももさか》　真理愛《まりあ》
俊一《しゅんいち》……甲斐《かい》　哲彦《てつひこ》
優菜《ゆうな》……志田《しだ》　黒羽《くろは》
真白《ましろ》……可知《かち》　白草《しろくさ》

簡単なストーリーは以下のようなものだ。


主人公の徹弥《てつや》は、幼いころから母親にこう言われていた。

『あなたは私の復讐《ふくしゅう》をするために生まれてきたの。あなたが私の無念を晴らすのよ』

母親の無念とは、徹弥《てつや》の父——俊一《しゅんいち》が不倫をし、自分を捨てたことだった。

徹弥《てつや》は繰り返される母親の呪詛《じゅそ》により、父親への復讐《ふくしゅう》が自分の使命と感じるようになる。

徹弥《てつや》の父、俊一《しゅんいち》は大手広告代理店の御曹司だった。徹弥《てつや》が復讐《ふくしゅう》をしようにも、ネットで騒ぐぐらいなら簡単にもみ消されてしまう。

高校生に成長した徹弥《てつや》はからめ手から攻めようと、不倫相手の捜索を始めた。俊一《しゅんいち》は母との離婚後、再婚しておらず、不倫相手の行方はしれない。

しかし手がかりがなく困っていたところに、一人の少女が現れる。

彼女の名は七海《ななみ》。俊一《しゅんいち》の不倫相手——優菜《ゆうな》の子どもであり、徹弥《てつや》とは異母兄妹《きょうだい》にあたる少女だった。

七海《ななみ》は母が死んだことで異母兄がいることを知り、残した手がかりを頼りに会いに来たという。

徹弥《てつや》は七海《ななみ》から、いくつかの真実を知る。

俊一《しゅんいち》は見合いで結婚していたが、七海《ななみ》の母の優菜《ゆうな》と出会い、離婚して結ばれようとしていたこと、しかし優菜《ゆうな》が奥さんに申し訳なく思って離れたこと……。

俊一《しゅんいち》の手前勝手な生き様に激怒した徹弥《てつや》は、同じ被害者と言える七海《ななみ》とコンビを組んで復《ふく》讐《しゅう》を目指す。

徹弥《てつや》は自身に発言力をつけなければならないと考えた。その手っ取り早い方法として選んだのが覆面ＷｅＴｕｂｅｒだった。

徹弥《てつや》は学校にいた女子高生小説家——真白《ましろ》を説得し、コラボを実行して成功。一躍、芸能系のインタビューを行う覆面ＷｅＴｕｂｅｒとして有名になる。

知名度が上がったことを活用し、急速に人脈と活動範囲を広げる徹弥《てつや》。同時に徹弥《てつや》のＷｅＴｕｂｅチャンネルは登録者が飛躍的に上昇していく。

こうしたＷｅＴｕｂｅチャンネルは、広告業界として無視できるものではない。むしろ企業として積極的に活用しようとするのが当たり前の時代となっている。

徹弥《てつや》の父俊一《しゅんいち》も広告代理店の御曹司として、無視できずにいた。

こうして運命の親子は接点ができ、ついに対峙《たいじ》することになる。

徹弥《てつや》は本名を隠し、息子ということを黙ったまま調整を重ね、俊一《しゅんいち》にライブ配信でインタビューをすることになった。

それこそが徹弥《てつや》の待ち望んだ舞台だった。

徹弥《てつや》は途中からインタビュー内容を打ち合わせと変え、全世界公開の場で俊一《しゅんいち》を断罪しようとたくらむ。

だが俊一《しゅんいち》は『何の話だろうか？』と言ってとぼけ、隙一つ見せない。むしろ不倫疑惑などどこから情報を仕入れたのだと、徹弥《てつや》を叩《たた》く。

抱え続けた怒りが渦巻き、抑えきれなくなった徹弥《てつや》は覆面を脱ぎ、自ら息子と名乗る。そして互いに正義を譲らぬ親子の憎悪《ぞうお》は暴走し、さらに加速していく。

その果てに徹弥《てつや》は隠し持っていたナイフを取り出す。撮影をしていた七海《ななみ》が止めようとするが間に合わない。ナイフは俊一《しゅんいち》の胸に刺さり、徹弥《てつや》は闇夜へと逃亡する。

ライブ配信での親子の愛憎……そして傷害事件に、ネットは騒然。

復讐《ふくしゅう》を望まぬ形ながら果たした徹弥《てつや》は、雨が降る闇の道を走る。

徹弥《てつや》がたどり着いたのは、工事中のビルだった。

鉄骨の端に立つ徹弥《てつや》を、追いついてきた警察や七海《ななみ》が説得する。

しかし徹弥《てつや》は『疲れたな……』とつぶやき、中空へ身を投げるのだった。

＊

読み終えると、リビングは静寂に包まれた。

この物語は、ハッピーエンドじゃない。目標を達しているからバッドエンドとも言いづらいが、ビターエンドと言えるだけのほの暗さを持ち合わせている。

「シロ、物語の中で、哲彦《てつひこ》が渡してきた原案の部分ってどこなんだ？」

「全体のあらすじは今と大きく変わりないわ。ただ当初は俊一《しゅんいち》が主人公で『息子に復讐《ふくしゅう》され、落ちぶれていく話』だったの」

「ほ～」

あらすじは大きく変わらないという割に、主人公が交代している。俺から考えると、大きな違いに感じるのだが、プロの小説家なだけに調整はお手の物だったのかもしれない。

「シロ、なんで今のように変わったんだ？」

「それは私が今の形のほうが面白いと思ったからよ。だって『不倫した中年男性が因果応報で息子に復讐《ふくしゅう》されるストーリー』と、『復讐《ふくしゅう》に燃える息子がサクセスして、復讐《ふくしゅう》を達成する物語』

だったら、エンターテインメントとして後者のほうが面白そうじゃない？」

「まあ、確かに……」

「俊一《しゅんいち》が大悪党だったら、ピカレスクロマンとして成り立つ可能性があると思うのだけれど……甲斐《かい》くんの原案から小物だったのよ。そしてそれを甲斐《かい》くんは変えたくないと言った。それなら、息子視点からのほうが面白いから変えさせたわけ」

「哲彦《てつひこ》のことだから、視点変更にも文句を言ったんじゃないのか？」

「そういえば主人公交代は案外あっさり呑《の》んだわね」

白草《しろくさ》との話で少しずつ見えてくる。哲彦《てつひこ》がこの物語で何を大事にしているのか、が。

哲彦《てつひこ》は『俊一《しゅんいち》が小物』で『息子に復讐《ふくしゅう》される』の二点だけは譲りたくなかったのだ。

「他にシロが大きく手を入れた部分はないのか？」

「そうね……。提案して拒絶されたものに『ヒロイン』の存在があるわ」

「七海《ななみ》がヒロインじゃないのか？」

「七海《ななみ》は徹弥《てつや》にとって異母兄妹《きょうだい》で、ヒロインというよりパートナーよ。ヒロインじゃないから、恋愛的な絡《から》ませ方は一切ないわ」

「確かに……。シロはどうしてヒロインを入れたいと思ったんだ？」

「エンディングで、救いになる人物が欲しかったのよ」

白草《しろくさ》は台本の最後のページに視線を落とした。

白草《しろくさ》としては、ビターエンドを変えたかったってことか。

なるほど。それはわかる。白草《しろくさ》の書く物語はロマンチストな部分があり、ビターエンドよりハッピーエンドを好む傾向が見える。

「七海《ななみ》は復讐《ふくしゅう》のパートナーで、徹弥《てつや》を生きる方向に導ける存在ではないわ。でもヒロインがいれば――」

「最後に飛び降りることを止められそうだな」

「別に飛び降りてしまってもいいの。その場合は徹弥《てつや》が命を拾い、ヒロインとともに償いをしながら新たな人生を歩むエンドにすることができるわ」

口惜《くや》しさが見え隠れするあたり、白草《しろくさ》の好みとしてはハッピーエンドにしたかったのだろう。

「でも哲彦《てつひこ》は断固拒否した、と」

「ええ。『これはあくまで復讐《ふくしゅう》の物語で、ヒロインを入れると話がぶれる。尺も長くなる。だからやめたほうがいい』って。まあちょっと引っかかりつつも、正論だと思って受け止めたわ」

哲彦《てつひこ》にはヒロインを入れたくない事情があった……？

うーん、この点に関してはよくわからないな。

俺は話を次に進めることにした。

「他には何かあるか？」

「えーと……そうそう、サクセス展開のときに出てくる真白《ましろ》は、私自身をそのままキャラとして落とし込んでいるわ」

真理愛《まりあ》がポンと手の平を叩《たた》いた。

「ああ、やっぱり白草《しろくさ》さんだけあて書きなんですね。小説家の設定とか、口調とか、そのままだったので気になってたんですよ」

俺も同様のことを感じていたため、二人で腕を組んで頷《うなず》いた。

「そういう意味では、哲彦《てつひこ》の中で真白《ましろ》というキャラは重要視しておらず、物語を繋《つな》ぐために置いたキャラと言えるよな」

「末晴《すえはる》お兄ちゃんと同感です。逆を言えば、残りの四人は絶対に変えたくなかった、という意思を感じますね」

俺はみんなの表情をうかがった。

たぶんみんなも気が付いているだろう。

確認を込めて俺は言った。

「これってさ、哲彦《てつひこ》の物語なんだろうな。究極的に言ってしまえば、哲彦《てつひこ》はこの物語を映像にするために群青《ぐんじょう》同盟を作ったんじゃないかって、俺は思うんだよ」

誰も反論しなかったことから、全員同じ結論に到達していたのは間違いなかった。

「哲彦《てつひこ》のやつが、俺に一度だけ頭を下げてきたことがあるんだ。俺がモモを通じてハーディプロに勧誘されて、瞬《しゅん》社長に会いに行ったときのことだ。そのとき連れてってくれって言ってきたのが唯一なんだが……だからこそ俺は、瞬《しゅん》社長が哲彦《てつひこ》の父親だと思ってる」

陸《りく》が突っ込んできた。

「丸《まる》先輩、それだけじゃ根拠として弱くないっすか？」

「あー、陸《りく》はハーディプロでのやりあいも知らねーし、大学での演劇勝負のときもいなかったもんな」

「うわっ、とんでもないことしてる雰囲気っすけど、何やったんすか？」

「いやまあ、とにかく哲彦《てつひこ》と瞬《しゅん》社長って、死ぬほど仲悪いんだよ。もうな、誰もいなけりゃ殴り合いにすぐ発展しそうなレベルだ」

「ひぇっ……」

「俺も哲彦《てつひこ》とは高一からずっと付き合ってるが、あんだけ敵意むき出しの相手は瞬《しゅん》社長だけでな。だからこそ俊一《しゅんいち》＝瞬《しゅん》社長説なんだが、その辺どうなんだ？　なぁ……レナ」

ソファーの隅っこで身体《からだ》を縮めておとなしくしていた玲菜《れな》は、麦茶のコップを両手で持ち、そのまま動かない。

「別に無理やり吐かせようって気はないんだ。お前が哲彦《てつひこ》の味方なのは知ってるから、お前がいいと判断する範囲だけ、教えてくれ」

俺たちの視線が玲菜《れな》に集まる。

真理愛《まりあ》が玲菜《れな》の二の腕にそっと手を置いた。

「嫌なら嫌と言ってくれていいので……」

「ももちー、ありがとうっス」

玲菜《れな》は麦茶の入ったコップをゆっくりとコースターの上に置いた。

「パイセンの推測通り、テツ先輩はハーディ・瞬《しゅん》の息子です」

「……やっぱりそうか」

「それで、ハーディ・瞬《しゅん》が担当していた新人アイドルとの間にできた子どもが、あっしっス」

薄々そうではないかと思っていたが、そのことまで言ってくれるとは思わなかった。

そのため場は硬直し、俺は玲菜《れな》の動きを注意深く見守った。

「ただ――」

「なんだ？」

「お母さんは五年前に病気で死んでいるんスけど、父親の名前を最後まで言わなかったんスよ」

「……そうなのか？」

「なので証拠まではつかんでない感じっス」

「じゃあどうやってお前は哲彦《てつひこ》と異母兄妹《きょうだい》って考えるようになったんだ？」

「あっしのお母さんって天涯孤独な人だったんスけど、死ぬときに頼るように言い残した人がいまして。それがニーナ・ハーディさんだったんです」

「えっ⁉　ニーナおばちゃん⁉」

ニーナおばちゃんはハーディプロの創業者にして、俺を子役として見出《みいだ》し、売り出してくれた恩人だ。

そんな人が裏で玲菜《れな》と繋《つな》がりがあったなんて、不思議な気持ちだった。

「あ、でも、ニーナおばちゃんはお前の祖母になるのか」

「ええ。それでニーナさんと一緒に後見人のようなことをしてくれたのが、テツ先輩の叔父の甲斐清彦《かいきよひこ》さんでして」

「ん？　哲彦《てつひこ》の叔父？　その人ってお前の義理の叔父になるのか？」

「義理の叔父ではないっスね。正確に言うと、あっしのお母さんが浮気《うわき》していた相手の正妻の弟っス」

俺は頭を抱えた。

「わかりにくっ！　しかも死ぬほど面倒くさい関係だな⁉」

「いやでも、清彦《きよひこ》さんは普通の叔父のように接してくれたいい人っスよ」

哲彦《てつひこ》と玲菜《れな》が異母兄妹《きょうだい》ってなかなか知れ渡らないはずだ。間に入っている人の関係が複雑すぎるし、たぶんニーナおばちゃんも、甲斐清彦《かいきよひこ》さんって人も、表では言わないようにしている雰囲気がある。

「それとまあ、女癖の悪いテツ先輩があっしへの態度だけちょっとニュアンスが違っていましたし、あっしもテツ先輩に普通の男の人となんかちょっと違う感じを覚えていて……だからあっしとテツ先輩は異母兄妹《きょうだい》なんだろうなって、結構前から確信していたっス」

「やっぱりそうだったかぁ。空気感がそういう感じだったもんね……」

黒羽《くろは》は玲菜《れな》と知り合ったばかりのころから、哲彦《てつひこ》と玲菜《れな》の関係は特別と感じていた雰囲気だった。こうして結果が出てみると、あの時点で気が付いていたのはとんでもない察しの良さと言えるだろう。

真理愛《まりあ》が玲菜《れな》の顔色をうかがいながら尋ねた。

「……哲彦《てつひこ》さんって、どこからこの構想を考えていたんでしょう？　玲菜《れな》さんは知っていますか？」

確かにそれは、俺も聞いてみたかったことだ。

「だって考えてみてください。哲彦《てつひこ》さんの目的は、瞬《しゅん》さんへの復讐《ふくしゅう》で確定と言っていいでしょう。ただ今の場所にたどり着くには、あまりに道が細すぎませんか？　群青《ぐんじょう》同盟がこれだけ成功しているのは結果論としか言いようがないですよ。まさか引退同然の末晴《すえはる》お兄ちゃんが穂《ほ》積野《づみの》高校に受験すると調べて、一緒の学校に受験するってところからじゃないですよね？」

玲菜《れな》はあっさり答えた。

「そのまさかっス」

「えっ……では……」

「テツ先輩は小学校からエスカレーターの中学校に通っていたっス。そのままいれば高校にもエスカレーターで上がれたっス。それを拒否し、穂積野《ほづみの》高校に受験したのは、丸《まる》パイセンが行くと調べたからっス」

「げっ、マジかよ……。でも、どうして俺にそこまで……」

玲菜《れな》はカバンから手帳を取り出し、ペラペラとめくった。

「あっしの調べでは、ハーディ・瞬《しゅん》が母親のニーナ・ハーディを超えることを目標としているらしいっス」

「え、お前、メモってんの？」

「テツ先輩って、本音明かしてくれるの、たまーに、しかもポロっと……みたいな感じなんスよね」

「それはわかる」

「で、しかもそのポロっと出す情報が断片的なんで、繋《つな》げ合わせるためにメモってるんス」

「俺、哲彦《てつひこ》と二人きりのときはもうちょっと妹扱いされてると思ってたわ」

「パイセン、あの人、そんな可愛《かわい》げのあるタマだと思うっスか？」

ちょっと考えてみて、すぐに結論は出た。

「まあ、そういうやつじゃないよな」

「あっしの立場は立場で苦労してるんスよ。中学時代、テツ先輩の女癖の悪さのフォローをしたら、なんだかいろんな子に勘違いされて嫉妬されたりとか。もう少し素直で優しいお兄ちゃんだと嬉《うれ》しいんスけどね」

「つまり……俺みたいなタイプか」

俺は真面目に言ったのだが、心底バカにしたため息をつかれた。

「パイセン、頼むんで冗談は顔だけにして欲しいっス」

「おうおう、じゃあお前は冗談で済まない顔にしてやろうか？」

「後輩いじめには断固反対っス〜」

生意気すぎる玲菜《れな》のほっぺをつまんでお仕置きをしていたのだが、真面目な話の途中だったため、黒羽《くろは》と真理愛《まりあ》から止められ、おまけに説教までされた。

俺はマジごめんなさいとしっかり謝った後、話を戻した。

「えっと、瞬《しゅん》社長はニーナおばちゃんを超えようとしているんだっけ？　親子仲は良くないって聞いてたけど、なんで超えようと？」

「あっしのお母さんとの結婚を反対したかららしいっス」

「あっ、そこが仲の悪さに繋《つな》がるのか」

俊一《しゅんいち》＝瞬《しゅん》社長なら、玲菜《れな》の母親との結婚に反対した人間は、完全に敵だ。恨んでいるのは容易に想像できる。

「それで実力で見返してやろうと、虹内《にじうち》・キルスティ・雛菊《ひなぎく》を探し出し、育てたみたいっス」

俺は腕を組んだ。

「ふむ、そこまではいいとして、それと俺がどう絡《から》んでくるんだ？」

「ニーナ・ハーディにとって、パイセンは唯一の汚点に近いものっス。せっかくスターにまで育て上げたのに、支えきれず、潰してしまった」

「……ニーナおばちゃんのせいではないんだけどな」

ニーナおばちゃんは俺の好きなようにさせてくれた。

母の事故で撮影が中止になりかかったドラマを最後までやらせてくれたし、その後復帰してもいいし、休止しても引退してもいいと言ってくれた。

俺を働かせたほうが事務所としては儲《もう》けが出ただろうに、好きにさせてくれた。そんなスタンスだったからこそ、偏屈な俺の親父《おやじ》ともめごとは起こらなかったし、俺は芸能界に変な拒絶感を覚えることがなかったと言えるだろう。

もし無理やり働かされていたら、俺のトラウマは母親のこと以外にもできてしまい、二度と芸能界なんか戻りたくない！　と考えるようになった可能性さえある。そうならなかったのは、ニーナおばちゃんがちゃんと俺を尊重してくれたおかげだ。

「でも世間ではそう見えてないっスよ」

「……まあ、レナの意見もわかる」

世間には裏の事情は見えないし、みんな自分が信じたいものを信じる。

「で、そんな状況下でテツ先輩が丸《まる》パイセンを復活させたら、世間はどう見ると思うっスか？　ニーナ・ハーディでも復活させられなかった名子役を、孫のテツ先輩が復活させた！　そう見ることもできないっスか？」

「まあ……確かに……」

そういう観点で意識したことがなかったが、事実を羅列してみると理解できる論理だ。

「そうなるとどうなるか、想像して欲しいっス。ハーディ・瞬《しゅん》は、母親であるニーナ・ハーディを見返そうとしていたっス。なのに、縁を切った息子が、ニーナ・ハーディにできなかったことをしてしまった……なら、テツ先輩がハーディ・瞬《しゅん》を超える部分がある……？　そういう構図になるっスよね？」

「ひでぇマウントの取り合いだ」

俺は苦笑いしか出てこなかった。

「だから俺を復活させるため、哲彦《てつひこ》はわざわざ俺と同じ高校に入ってきて、近づいてきたと？」

「そうっス」

「哲彦《てつひこ》こわっ！」

どんだけ先のこと考えて行動してるの⁉　復讐《ふくしゅう》するためとは言え、ホントに何でもやろうと

してたんだな⁉　執念が凄《すご》いにもほどがあるだろ⁉

「でもさ、その割に、高二まで俺の復活を促すようなことしてこなかったな」

玲菜《れな》が目を伏せた。

「テツ先輩にとって、丸《まる》パイセンって、想像以上に気が合ったんだと思うっス。だから慌てず、情報をちょっとずつ収集しながら、チャンスを慎重に狙っていて——」

「それが高二の文化祭になったってわけか」

そう考えると、文化祭時の哲彦《てつひこ》の動きがいろいろと納得いく。

「玲菜《れな》ちゃん、あたしからも質問いい？」

黒羽《くろは》が会話に入ってきた。

「はい、何でも」

「哲彦《てつひこ》くんってさ、なんでここまで群青《ぐんじょう》同盟を大きくしたの？　お父さんの不倫問題を告発したいのなら、えーと、ニーナ・ハーディさんだっけ？　元々ハーディプロの創業者のおばあさんを頼ったらいいと思うんだけど？」

「その点は聞いてないっスが、テツ先輩は誰かの力を借りるんじゃなくて、自分の力で復讐《ふくしゅう》したいんだろうな、と」

「じゃあ群青《ぐんじょう》同盟をここまで大きくした理由は？　コンクールに応募するショートムービーを作るだけなら、モモさんが加入した時点でも作れたと思うんだよね」

「――――」

玲菜《れな》が口を一文字にした。

意識的に口を閉ざしている。それが行動で見て取れた。

「言いたくないのなら、言わなくてもいいけど」

「あ、いえ、志田《しだ》先輩……言えないわけじゃ……」

「……なら言える範囲で聞いてもいい？」

玲菜《れな》は言葉を選んで口を開いた。

「群青同盟《ぐんじょう》を大きくする意味はありました。その理由の一つは、テツ先輩がハーディ・瞬《しゅん》を告発する際、影響力が大きいほうが確実にダメージを与えられるためです」

ああ、それはわかりやすい。

瞬《しゅん》社長は現在、ハーディプロの社長。芸能プロダクションの社長となれば、金や権力があり、いざとなれば情報統制さえできるだろう。そのために知名度を上げておき、味方を増やしておくのは大事なことだ。

ただ、玲菜《れな》の口ぶりはこれだけではないことを示している。

「レナ、理由の一つはって言ってたけど、他にもあるのか？」

「……これは抽象的な言い方になって申し訳ないんスが、テツ先輩の実力を世間に知らしめる目的があるっス」

「実力？　プロデュース能力ってことか？」

「……まあ、そうですね」

「何のために？」

「すみません、それ以上は」

そりゃ自身にプロデュース能力があると示すことは、哲彦《てつひこ》にとって大きな利益があるだろう。

実際、哲彦《てつひこ》はコレクトと人脈を作り、今回のショートムービーでも会場で公開してもらえる立場をもぎ取ってきた。

でも玲菜《れな》の口ぶりを見ると、そんな程度のことではないような気がする。

まだ先があるのだ、哲彦《てつひこ》の目的には。

陸《りく》が挙手をした。

「おれ、思うんすけど、この原稿みたいな苦労を哲《てつ》さんがしていて、実際ショートムービーを公開したとして、復讐《ふくしゅう》はできるんすか？　作品の中じゃ名前を隠して父親と会って、その結果刺してますけど、さすがの哲《てつ》さんでもそれはしないでしょ？」

「あー、それ、アタシも思った。群青《ぐんじょう》同盟が大きくなってショートムービーを多くの人に観《み》てもらえるようになっただろうけど、それでもまだインパクト弱いよな？」

陸《りく》と碧《みどり》の意見は俺も気になっていた部分だ。

ショートムービーなんてしょせん創作物。いくら群青《ぐんじょう》同盟の知名度を使って視聴数を稼ぎ、

『実は哲彦《てつひこ》の実体験が土台になっている』と広めるとしても、相手は芸能プロダクションの社長なのだ。簡単に沈静化させられるのではないか——という懸念《けねん》はある。

「あたしも碧《みどり》と間島《まじま》くんと同じ感想かな。モモさんはどう思う？」

黒羽《くろは》が問う。

今、ここにいるメンバーで一番芸能界歴が長く、瞬《しゅん》社長とも付き合いがあったのは真理愛《まりあ》だ。俺も真理愛《まりあ》の意見が聞きたかったところだった。

真理愛《まりあ》は唇に指を当てた。

「モモも碧《みどり》ちゃんの言うように、ショートムービーだけの告発じゃ弱いように感じています」

「じゃあ哲彦《てつひこ》、ダメじゃん」

「そうとは限りませんよ。だって他にも哲彦《てつひこ》さんの仕込みがあるでしょうから……ねぇ、玲菜《れな》さん？」

真理愛《まりあ》は玲菜《れな》を流し見た。

「今回の『隻腕のオイディプス』が哲彦《てつひこ》さんの生い立ちなどを元にし、瞬《しゅん》さんへの復讐《ふくしゅう》を目的として作られたことは、もはや明白と言えます」

その場にいた皆が自然と頷《うなず》く。

「しかし哲彦《てつひこ》さんの目的をそのまま再現したものではありません。例えば結末の父親を刺殺する部分は、再現するつもりはないでしょう」

真理愛《まりあ》が言ったとたん、俺はあることが頭をよぎった。

「今思ったんだが、俺に頭を下げて瞬《しゅん》社長のところに一緒に行ったとき、あいつ、瞬《しゅん》社長を刺そうって思ってたのか……？」

そういえばあのとき、とんでもない目つきで瞬《しゅん》社長をにらんでいた。

この結末は、あのとき妄想していたことを物語の中で実現させようとした、とか……？

白草《しろくさ》が肩をすくめた。

「まさか……と言いたいところだけど、あの男なら考えていてもおかしくないわね」

「ま、あのときはハルが先に手を出したし」

黒羽《くろは》が言っているのは、瞬《しゅん》社長の頭にワインをぶっかけた、例のあれだ。

「あ、あれはクロがバカにされたから我慢できなくなって――」

「責めてないって。あたしはむしろ嬉《うれ》しかったくらいだし」

「クロ……」

黒羽《くろは》が頬を赤く染める。

そんな黒羽《くろは》を見てなんだか照れくさくなったが、左右から白草《しろくさ》と真理愛《まりあ》が恐ろしいオーラを発していたため、俺はすぐ正気に戻った。

真理愛《まりあ》が咳払《せきばら》いをした。

「話を戻しましょう。哲彦《てつひこ》さんの過去、そして目的が明らかになってきていますが、まだ全貌が見えていません。その一つが、『父親を告発するためにショートムービーを作ろうとしているが、別の仕込みもあるだろう』という部分です。……玲菜《れな》さん、この点について答えること
ができますか？」

俺たちの視線が玲菜《れな》に集中する。

玲菜《れな》はうつむき、膝の上で拳を作った。

「テツ先輩が何を仕込んでいるか、あっしは知ってるっス」

「じゃあ――」

促しかけた俺を、玲菜《れな》は手の平を掲げて制した。

「テツ先輩が隠したいと思ってることなので、言えないっス」

「………」

玲菜《れな》に迷いが見えれば追及したかもしれなかったが、これほどはっきりと拒絶されては何も
言えなかった。

玲菜《れな》自身は言いたいのかもしれない。

だからこう補足してきた。

「ただ、皆さんのマイナスになるような行動はしていないっス。テツ先輩が皆さんに隠したい
のも、家庭の事情に踏み入れさせたくない――そう考えてのことだと思うっス」

「なるほど、な」

俺はソファーにもたれ、リビングの天井を見上げた。

白草《しろくさ》家のリビングの照明は豪華なシャンデリアで、昼間に見ても十分に美しい。

「俺がみんなを集めたもう一つの理由は、みんなが撮影に協力してもいいと考えているかどうか、ちゃんと確認しておきたかったからなんだ」

俺が天井を見つめながらつぶやくと、陸《りく》が聞いてきた。

「ここで降りる人がいると？」

「ああ、いてもおかしくないと俺は考えてる」

「どうしてっすか？　かなり深い事情まで聴いちゃいましたが？」

「だってよ、ここまで来ても、哲彦《てつひこ》はやっぱり隠し事をしてる。それって俺たちを信用してないんじゃね？　って考えてもおかしくないだろ？」

「まあ、私はスーちゃんの言ったようなことを考えたわね」

元々哲彦《てつひこ》に不信感を持つ白草《しろくさ》だ。無理もないと思った。

「哲彦《てつひこ》が隠していることがとんでもないことで、俺たちはこれからそれに巻き込まれる可能性だってある。あのとき降りとけばよかったなーって、あとになって言うかもしれないぜ？」

「普通ならそんなことありえねーんだけど、甲斐《かい》先輩だからなぁ……」

碧《みどり》が苦い顔をした。

俺は全員の顔を見回した。

「今なら降りられる。逆を言えば、今が最後のタイミングだ。降りたいならここで言ってくれ」

「ハルはどうするの？」

黒羽《くろは》がまっすぐ俺を見つめていた。

大きな瞳をしっかりと開け、俺の感情を一つも見逃すまいとしている。

「俺は――」

俺が『隻腕のオイディプス』を読んで最初に思ったのは、結局哲彦《てつひこ》がずっとやりたかったのは復讐《ふくしゅう》で、その手段が今回のショートムービーによる告発だろうということだった。

そう考えると、どこまでが計算かわからなくなっていた。

俺と出会ったのも――

俺と仲良くなったのも――

俺の復活を手助けしたのも――

群青《ぐんじょう》同盟を作ったのも――

群青《ぐんじょう》同盟のメンバーを増やしていったのも――

知名度を上げていったのも――

俺に成長を促したのも――

俺が芸能界に戻ることを決めたのも――

もしかしたらそのすべてが、哲彦《てつひこ》の作戦によるものだったのかもしれない。

（じゃあ仮にすべてが哲彦《てつひこ》の作戦として、哲彦《てつひこ》が俺に託したかったものは何だ？）

これは明確だった。

ショートムービーの主人公徹弥《てつや》を演じることだ。

哲彦《てつひこ》は抱えてきた父親への憎しみを表現する役目を、自分自身でやるのではなく、俺を選び、託したのだ。

そこまで考えがたどり着いたとき、俺は撮影へのスタンスを決断した。

「この撮影に、全面的に協力する。なぜなら俺は、主人公の徹弥《てつや》を託された。徹弥《てつや》は明らかに哲彦《てつひこ》をモデルにしているキャラクターだ。つまり俺は、あいつ自身を託されている。俺ならあいつが抱えてきた苦しみや無念さを表現してくれるって、代弁者になってくれるって、信じて託してきたんだ」

黒羽《くろは》の、白草《しろくさ》の、真理愛《まりあ》の――皆の目の色が変わる。

秘密主義の哲彦《てつひこ》が抱えてきた過去の代弁者……それがどれほどの重さを持つかは、群青《ぐんじょう》同盟のメンバーならすぐにわかったはずだ。

「哲彦《てつひこ》が主役の徹弥《てつや》をやりたいと言い出したら、俺はたぶん譲ったと思う。これは、あいつの物語だから。あいつが主人公をやるほうが自然だ。でも客観的に判断して――いや、違うな……。たぶんあいつは……それこそ中学校のころから、自分ではカメラの中に今までの気持ちを閉じ込めるだけの力がないと自己分析して、すべてを託せる役者を探していた。その結果、俺が選ばれた。何となくそんな気がする」

全部想像だ。哲彦《てつひこ》にとって、一番身近な役者が俺だったから、俺が主人公をやることになっただけって可能性もある。

でもどうにもそうは思えない。

哲彦《てつひこ》は、運命に任せない。自分の力で自分の道を切り開こうとする。

そんなあいつが、最後の詰めに使うショートムービーで、自分の代弁者を適当に選ぶ？

……やっぱりあり得ないとしか思えない。

根拠はないが、哲彦《てつひこ》が俺を前々から選んでいたのだと、確信していた。

「ハル……」

黒羽《くろは》の頬が朱に染まっているように見えるのは、俺の見間違いだろうか。

黒羽《くろは》は目が合うと、すぐに瞳を逸《そ》らし、横髪で頬をなぞった。

俺は話を続けた。

「それって最高の依頼だと思わないか？　俺は役者として、あいつの友達として、その期待に応えたい。だからあいつが裏でいろいろ考えていようと、俺に近づいてきたのが計算だろうと、撮影に全力で取り組むつもりだ」

「スーちゃん……」

白草《しろくさ》の眼差《まなざ》しが熱い。まるで俺の横顔に穴が開いてしまいそうなほどだ。

「そうよ……それでこそ、私の憧れたスーちゃんだわ……」

「ありがとう、シロ」

俺は力強く頷《うなず》いた。

「それに哲彦《てつひこ》はまだ隠していることがあるかもしれないが、あいつの目的が瞬《しゅん》社長の吠《ほ》え面《づら》をかかせるってことは間違いない。それってさ、痛快じゃね？　俺もあの社長には嫌な思いをしてきたから、どこかでガツンとやり返してやりたかったんだよな」

「なかなかあおりますね、末晴《すえはる》お兄ちゃん」

真理愛《まりあ》はニッコリと、清楚《せいそ》な妹然とした笑みを浮かべた。

「でも、そういうの嫌いじゃないです」

「いや、モモ。お前、むしろ好みだろ？」

「バレてしまいましたか」

おどけて言いつつも、ふつふつと湧き上がる闘志を真理愛《まりあ》は隠そうともしなかった。

「ええ、むしろ好みですよ。しかもモモと末晴《すえはる》お兄ちゃんの無敵タッグ……燃えないわけはありませんね」

外見だけ見れば虫も怖がるような可愛《かわい》いお嬢様なのに、真理愛《まりあ》の中身は対決大好きな武闘派だ。どうやらその燃えやすい血に火をつけてしまったらしく、穏やかにほほ笑んでいるが、俺には背中から青い炎が燃え上がってるように見えた。

「はぁ」

ため息をついたのは黒羽《くろは》だ。

「ハルの言っていること、あたしは合っていると思うんだけど……」

「なんだ、クロ？」

「男の子の友情って、なんだろね。言葉が足りてない気がするんだよね」

「そうか？」

黒羽《くろは》は苦笑いした。

「でもなんだかうらやましい。男の子！　って感じ」

真理愛《まりあ》は頬杖《ほおづえ》をついた。

「黒羽《くろは》さんと同感ですね。せめて哲彦《てつひこ》さんも、末晴《すえはる》お兄ちゃんにだけでも言えばいいのにって感じるのですが……それをあえてしないにもかかわらず伝わっているところに、少々妬《や》ける部分があります」

「今回ばかりは二人に同感。暑苦しくはあるのだけれど、見てる分にはそういうの、嫌いじゃないわ」

黒羽《くろは》、真理愛《まりあ》、白草《しろくさ》の三人は呆《あき》れたように言った。

だが次の瞬間、三人とも表情を緩めた。

「ハル、あたしはハルの気持ち、受け取ったよ。……凄《すご》く、カッコよかった」

照れくさそうに、胸の前でツンツンと人差し指を合わせる黒羽《くろは》。

褒められたうえ、ポーズの可愛《かわい》さが追い打ちとしてやってきて、俺は顔が熱くなるのを感じた。

「だから、あたしも全面的に協力するよ」

「私も、スーちゃんを惚《ほ》れ直しちゃった……」

これってさらっと言っているが、告白しているのと同義じゃないだろうか……。

俺が思わず顔を赤らめたので、発言の重さに気が付いたのだろう。

白草《しろくさ》は慌てて話をすり替えた。

「って！　まっ、まあそれは置いといて！　協力はするから！」

「モモは末晴《すえはる》お兄ちゃんと一心同体です」

落ち着いた声でつぶやき、俺の手を両手で包み込む真理愛《まりあ》。

二人のように言葉では伝えてこなかったが、その強い信頼は温《ぬく》もりを通して伝わってきた。

「最初から全面的に協力するつもりでした。一緒に最高の作品を作りましょう」

「お前ら……ありがとう！」

群青《ぐんじょう》同盟の花形三人の賛同は心強い。

玲菜《れな》は最初から哲彦《てつひこ》と組んでいるから、残るは碧《みどり》と陸《りく》だが——

「丸《まる》先輩、おれは当然手伝いますよ！」

「アタシも！　だってこれって〝事件〟が起こりそうじゃん！　なんだか自分がドラマの中の登場人物になったみたいで、ワクワクするぜ！」

一応危険性も語って注意喚起したつもりだが、単細胞な新人二人を止めるものにはならなかったようだ。

「俺たちのベストを尽くそう」

俺はみんなに言った。

「それがきっと、哲彦《てつひこ》のためにもなるはずだ。ああ、でもこの一件が落ち着いたら、全員で哲《てつ》彦《ひこ》を問い詰めようぜ？」

「賛成！」

黒羽《くろは》が真っ先に賛同を示した。

「哲彦《てつひこ》くんの隠し癖にはもううんざりなんだよね」

「そうね。うちのメンバーは志田《しだ》さんや桃坂《ももさか》さんまで策を弄するタイプだから、一人でも自重してくれるようになると助かるわ」

「あらあら、白草《しろくさ》さんは大いなる誤解をされていますね。モモは清廉潔白で純粋一途《いちず》。白草《しろくさ》さんは色眼鏡をかけているようですので、眼科に行かれることをお勧めします」

「――皆さん、ありがとうございます」

いきなり玲菜《れな》が頭を下げた。

突然の行動に皆が目を丸くする中、玲菜《れな》は続けた。

「テツ先輩は誠意を示しているとは言えないのに、尊重して、ついてきてくれて……本当にありがとうございます……」

玲菜《れな》が震えている。

ポトリ、と涙が膝にこぼれ落ちた。

隣にいた真理愛《まりあ》が素早くハンカチを取り出し、手渡した。

哲彦《てつひこ》はああいう、一人で何でもやろうとするやつだ。

玲菜《れな》は自分が哲彦《てつひこ》の異母兄妹《きょうだい》と知って以降、哲彦《てつひこ》をずっと支えようとしてきたのだろう。

それはきっと大変だったに違いない。哲彦《てつひこ》についていくというのは、この場にいる一芸に秀《ひい》でた人間でもなんとかというレベルだ。常識的な玲菜《れな》にとって、きっと支えられているか不安にさいなまれることも多かったに違いない。

「レナ……今まで、一人でよく支えてきたな……。これからは俺たちがいるから、安心してくれ」

「パイセン……」

玲菜《れな》は目を潤ませた。

「嬉《うれ》しい言葉っスけど……今までのパイセンの失敗を見続けているんで、あんまり信用できないっス……」

「ここは信用しろよ！」

笑い声がリビングに充満する。

玲菜《れな》は真理愛《まりあ》から渡されたハンカチで涙を拭き、みんなと一緒に笑った。

＊

「……おいっ、末晴《すえはる》！　聞いてたか！」

哲彦《てつひこ》の声で我に返った。

ここは体育館の第三会議室。エンタメ部の部室であり、撮影開始日とあって群青同盟《ぐんじょう》のメンバーが勢ぞろいしている。

黒羽《くろは》が「もーっ」と言わんばかりにため息をついた。白草《しろくさ》は「どうしたの？」と声をかけてきて、真理愛《まりあ》は苦笑いする俺を見てニコニコとしている。

正直哲彦《てつひこ》の話は耳から抜けていたが、頭をフル回転させて取り繕った。

「えーっと、今日の撮影は真白《ましろ》関連って話だろ？」

「アホか！　その話はとっくに終わったっての！」

俺は喉を詰まらせた。

一か月前のことを思い出していて、まったく聞いてなかった。

「わりぃ、聞いてなかった」

哲彦《てつひこ》は頭を掻《か》きむしった。

「今は撮影順序の詳細についてだ。エキストラには志田《しだ》ちゃんたちのファンクラブ連中に声をかけてあるんだが、あいつら今、最後の大会でな。まずは真白《ましろ》関連でも、エキストラが少なくて撮れるシーンから進めるってとこまで話してんだよ」

「了解した」

ダメだな。つい過去の記憶を思い出していたことで、身が入ってなかった。

俺は気を入れ直すため、両頬を軽く叩《たた》いた。

「あと、可知《かち》は早めに役者の部分を終えて、もし脚本修正が必要になった場合に備えて欲しいってのがある。また演技的に可知《かち》が一番心配だから、早めに終わらせておかねーと怖ぇってのも理由だ」

「甲斐《かい》くん？　最後の一言は余計じゃないかしら？」

「事実だろ？」

白草《しろくさ》は眉間に皺《しわ》を寄せたが、反論できなかったらしく押し黙った。

「だからこそ末晴《すえはる》、お前が頼りなんだ。頼むぜ？」

これは単純に白草《しろくさ》のフォローをしてやれというだけではない。哲彦《てつひこ》は俺に、自分の代弁者たる主役の徹弥《てつや》だけでなく、役者の統率も任せたいと言っているのだ。

何気ない一言にも、最善を尽くすためになりふり構わないという気合いが感じられる。

哲彦《てつひこ》は、それほどこの作品にかけているのだ。

「ああ」

「なんだ、気のない返事だな。できないなら真理愛《まりあ》ちゃんに頼むが？」

こいつ、ホントに手段を選びやがらねぇ。俺に火をつけるために、挑発までしてきやがる。

ムカつくが、まあいわゆる『俺とお前の仲』だ。

挑発されたなら、堂々と受けて反撃してやろうじゃないか。

「演技に関しては任せろ。他のやつも含めて、俺が全員一段引き上げてやる」

「そいつは楽しみだ」

「それこそお前のほうが大丈夫か？　へぼい演出したら容赦なく叩《たた》くからな？」

「ふんっ、言えるものなら言ってみろよ。ま、文句の言えないようなものを作ってやるがな」

「はっ、自信だけは大したもんだ」

「お前もな」

うん、これでいい。

俺と哲彦《てつひこ》は喧嘩《けんか》しながら高めあうのが似合っている。

哲彦《てつひこ》は元々ホワイトボードの前に立っていたが、ふいに黒ペンを手に取ってボードに走らせた。

　書いているのが、役名だ。

「じゃっ、話を進めるぞ。次は最終的な役名の確認と、意識して欲しい点についてだ」

　哲彦《てつひこ》は黒ペンで役名を書き、俺に目を留めた。

「主人公の徹弥《てつや》役は……末晴《すえはる》」

「ああ」

「この物語は復讐《ふくしゅう》ものだから、どうしても全体が重くなりがちだ。だがそれだけだと観客は飽きちまうよな？」

「そうならないよう、俺の演技で楽しませろってことか？」

「ああ。ＷｅＴｕｂｅｒとしてサクセスするあたりは痛快さやコメディ要素も入ってる。お前ならそこで笑いの一つや二つ、取れるはずだ」

「そうやって楽しいところも見せておくことで――」

「ギャップができ、最初と最後のシリアスがより映えるって狙いだ」

　俺は足を組み替えた。

「アドリブはどのくらいありって考えてるんだ？」

「ダメとは思ってねぇ。任せる。コメディはテンポの良さが重要だから柔軟に対応するつもりだが、くっだらねぇアドリブだったら容赦なくカットするからな」

「わーってるって」

「あと、もう一つ」

「なんだ？」

「お前は主役だ。観客は、お前に注目する。お前が出ているだけでワクワクするよう意識してくれ」

「要求が高いが……了解した」

哲彦《てつひこ》が次に目を向けたのは真理愛《まりあ》だ。

「七海《ななみ》役は、真理愛《まりあ》ちゃんだ」

「はい、お任せを」

「徹弥《てつや》とは異母兄妹《きょうだい》だが、この物語の事実上のヒロインだ。観客を真理愛《まりあ》ちゃんの可愛《かわい》さで魅了してくれ」

「楽しみです。一皮むけたモモをお見せしましょう」

哲彦《てつひこ》はこれ見よがしに肩の力を抜いた。

「ま、真理愛《まりあ》ちゃんについてはあんまり心配してねーんだよな。主人公を支える役柄ってのも、真理愛《まりあ》ちゃんのタイプに合ってるし。妹役は真理愛《まりあ》ちゃんの十八番《おはこ》だしな」

「末晴《すえはる》お兄ちゃんと兄妹《きょうだい》をやるのは初めてなんですよね。末晴《すえはる》お兄ちゃんに負けないよう頑張ります」

「末晴《すえはる》と真理愛《まりあ》ちゃんが物語の顔だ。二人が役者を引っ張ってくれ」

「お任せを」

哲彦《てつひこ》は自分の台本を親指でなぞった。

「俊一《しゅんいち》役はオレだ。で、優菜《ゆうな》役は志田《しだ》ちゃんな」

「うん、頑張る」

「合宿のときよりずっと良くなっているのは、ここ一か月の練習でわかってるつもりだ。ただ末晴《すえはる》や真理愛《まりあ》ちゃんの演技を見た後だと、自信なさげにやっているときがある。自信を持ってやってくれ」

「……ん、了解」

哲彦《てつひこ》は頷《うなず》き、白草《しろくさ》を見た。

「真白《ましろ》役、しっかりやってくれよ、可知《かち》」

「だからなんで私のときにはそういう余計な言葉がつくのかしら？」

腕を組んでとげとげしく返す白草《しろくさ》に対し、哲彦《てつひこ》はため息をついた。

「いや、だってよ、あて書きしたにもかかわらず……」

「かかわらず、何よ」

「……ま、いーや。末晴《すえはる》、頼むわ」

「オッケー」

俺は哲彦《てつひこ》の言わんとしたことが理解できたので即座に頷《うなず》いたが、それが白草《しろくさ》にとっては不満だったようだ。

「なっ⁉　私だって演技の練習しているんだからね！」

「まあまあシロ、抑えて」

正直なところ、練習はしているが白草《しろくさ》の演技はうまくない。映画で見られるレベルかと言うと、かなりきつい。そしてさらに問題なのは、白草《しろくさ》が美人で、華があって知名度まであるだけあって、自然と注目されやすいことだ。そのため、演技が下手だとより目立ってしまう。

「俺がシロを導くから。俺に任せてくれ」

白草《しろくさ》はあて書きをしているだけに、変に演技と考えないほうがいい。普段のままやってくれたほうが、うまくはまるだろう。

俺がそれを引き出すのだ。

最初、不器用な白草《しろくさ》は緊張してうまく出せないだろう。

でも俺がリードすれば、きっとできる。

去年の俺なら無理だったかもしれない。

しかし俺は経験を積んだ。

アシッド・レインさんのＭＶ《ミュージックビデオ》撮影とＣＭ勝負、〝チャイルド・キング〟の追加映像の撮影、大学サークルの助《すけ》っ人《と》になりヒナちゃんと演劇勝負、クリスマスイベントでは踊らされ、少し前には一流の役者陣が揃《そろ》うドラマ『永遠の季節』にゲスト出演までさせてもらった。

最初は子役時代の感覚を取り戻すことだけで精いっぱいだった。

しかしヒナちゃんと勝負したあたりから、役者として以前より広い視野を持てるようになっている。

白草《しろくさ》は不器用だが『やればできる子』だ。

俺が導けば、必ず白草《しろくさ》を魅力的な役者に仕立てることができるだけの自信があった。

「スーちゃん……」

白草《しろくさ》が頰を赤らめ、目を輝かせる。

その瞳は、かつて子役時代のスターだった俺を、シローとして見てきたときの眼差《まなざ》しと一致していた。

「……わかったわ。スーちゃんに任せる。いろいろ指導、お願いします」

「シロのいいところが出る演技を引き出せるよう頑張るよ」

いい流れが来ているのを感じていた。

撮影に集中できそうな状態が整えられている。

たぶん哲彦《てつひこ》が地道に積み上げてきた結果なのだろう。

それに、一か月前の哲彦《てつひこ》抜きの話し合いでいい作用が出ているように感じていた。

ただ——一つだけ懸念《けねん》事項がある。

哲彦《てつひこ》の動向だ。

『俺は役者として、あいつの友達として、その期待に応えたい。だからあいつが裏でいろいろ考えていようと、俺に近づいてきたのが計算だろうと、撮影に全力で取り組むつもりだ』

このセリフは嘘《うそ》じゃなかった。

でもみんなを撮影に集中させるために言ったセリフでもあった。

もしみんなが哲彦《てつひこ》の行動に不審を持ちだしたら、現場が崩壊する可能性が高いと感じた。撮影に雑念を入れて欲しくなかった。だから目の前の撮影に集中するよう誘導した。

他のみんなにとっては、それが最善だと今も信じている。

でも――

俺だけは哲彦《てつひこ》を見張らなければならない、と思っていた。

だって友達だから。

あいつが暴走をしたとき、俺しか止められない……そんな気がするから。

俺たち群青《ぐんじょう》同盟にとって、最後の夏、最後のイベント。

灼熱《しゃくねつ》の日差しが降り注ぐ夏休み、俺は生涯忘れられない夏が始まろうとしていることを予感していた。

第二章　テツくんとメイ

＊

幸いなことに夏休みに入って天気は快晴続きだ。

おかげで撮影は順調！

と言いたいところだが、そんな簡単に撮影は進んでいなかった。

「はい、カット！」

哲彦《てつひこ》の声が学校の中庭に広がる。

現在のシーンは、白草《しろくさ》演じる真白《ましろ》が、とある男子生徒に恋心を抱いていると徹弥《てつや》が勘づき、脅してコラボの交渉を持ち掛けようとする場面だ。

「可知《かち》！　お前、全然恋する女子の顔をしてねぇんだよ！」

「ぐっ……」

白草《しろくさ》は喉まで出てきた文句を呑《の》み込んだ。

悔しいけれどもその自覚はある、ということだろう。

「やっぱ、配役が問題か。……那波《なば》！」

哲彦《てつひこ》が白草《しろくさ》の初恋相手役である那波《なば》を呼ぶ。

白草《しろくさ》のファンクラブ〝絶滅会〟の会長にして、テニス部部長――だったのだが、現在テニス部は一回戦負けしたことで引退。那波《なば》は元部長となっている。

イケメンであることと、早々にこちらの手伝いに来られるようになっての採用だったが、肝心の白草《しろくさ》の演技がダメではどうしようもなかった。

中央廊下にいた那波《なば》は哲彦《てつひこ》に歩み寄ると、長ったらしい前髪をかき上げた。

「……ふっ、なんだ？」

「別撮りでいいか？」

「別撮りとはなんだ？」

「お前はほとんどセリフがないし、可知《かち》と同じフレームに入ることもほとんどない。だから、お前のシーンはお前単独で撮る。可知《かち》のシーンはお前の代わりに末晴《すえはる》を置いて、あとで合成するってことだ」

哲彦《てつひこ》のやつ、ドライに進めるな。

今でも嘘《うそ》のようなことに思えるが、白草《しろくさ》は俺に好意を抱いてくれている。だから恋する女子の顔をさせるために、配役通りの那波《なば》ではなく、俺を置こうという作戦らしい。

ただ、それって、那波《なば》にとってめちゃくちゃ失礼なことじゃないだろうか……？

一応あいつは、白草《しろくさ》のファンクラブの会長なのだ。きっとこの配役を与えられて喜んだに違いない。

そう思って俺は見守っていたのだが——

「わかった。お前の言うとおりにしよう」

なんの抵抗もせず、那波《なば》は受け入れた。

俺はさすがに気の毒になって聞いた。

「……いいのか？」

「丸《まる》、お前はオレをどう思っているか知らないが、オレは可知白草《かちしろくさ》のファンクラブ〝絶滅会〟の会長として、可知白草《かちしろくさ》が幸せであることがもっとも大事なことだ」

「那波《なば》……」

「今、可知白草《かちしろくさ》は演技で悩んでいる。オレが抜けることで改善されるなら、喜んで抜けよう」

「お前……いいやつだな……」

ちょっと感動してしまった。

「それと、可知白草《かちしろくさ》から放置プレイされていると考えるのも、また一興……」

「感動した俺がバカだったよ！」

こんな感じで問題は毎日のように発生する。

しかし哲彦《てつひこ》は諸問題に対し、的確に対処していった。

「りっくんさ、反射板の位置、もう少し右に！」

「わかりました！」

「おい、マリン！　お前の知り合いのギャルがエキストラで使えるって話、どうなってんだ？」

「一人予定入っちゃってねー。代わり用意してるから安心して☆」

――集まってくる……人が。

「ジョージ先輩はさっき撮影したとこ、さっそく音と合わせてみてくれねーか？」

「リョウカイね」

「小熊《おぐま》！　真理愛《まりあ》ちゃんファンがうるせぇ！　少し黙らせて来い！」

「おっしゃあ！　任せとけ！」

――この一年間で出会い、絆《きずな》を結んだ仲間たちが。

「恵須川《えすかわ》！　このレシートも帳簿につけといてくれ！」

「甲斐《かい》、独自の財源があると言っても、予算は無限じゃないんだぞ？」

「あいかわらずこまけぇな……あっ、可知《かち》は代替セリフの用意！　末晴《すえはる》と真理愛《まりあ》ちゃんはもっと緊迫感が出るよう、イメージ作りをしてくれ！」

「わかった」

「了解です」


——俺たちの呼びかけに応じて、次々と。


「玲菜《れな》！　碧《みどり》ちゃん！　カメラの移動は終わったか！」

「運び終えてます！」

「あとは最終チェックっス！」

「じゃあマイクテストも行うぞ！　蒼依《あおい》ちゃん、予定の位置にマイクを！」

「こんな感じでどうでしょうか？」

「朱音《あかね》ちゃん、ちゃんと聞こえるか？」

「……大丈夫。ばっちり」

群青《ぐんじょう》同盟ができて一年、俺たちは多くの人と関係を結んできた。

それが今、形となっている。

多くの人が力を合わせ、作品を作っていく。

俺は、こんな楽しいことはないと思う。

元々演劇やドラマなどに出演することが大好きだった。

ただスタッフやスポンサーの意向もあり、仕事という側面は外せない。

だが今回は仲間たちだけで作っている。仲のいいやつらと、最高のものだけを目指して、走りまくっている。そんなの楽しくないはずがなかった。

去年までの俺は、黒羽《くろは》に愚痴を聞いてもらいながら、たまに白草《しろくさ》を遠くから見つめ、告白する勇気がなくて結局は哲彦《てつひこ》とダラダラ過ごす――そんな毎日を過ごしていた。

だが今は違う。

トラウマを乗り越え、諦めたはずの夢がよみがえった。

心を奪われる少女ができた。

そんな女の子から、好意を寄せられている。

友達たちと一緒に、ムカつく社長に一泡吹かせようとムービーを作っている。

そのすべてが、喜びと楽しさで満ちている。

俺にとって群青《ぐんじよう》同盟は〝青春〟の象徴に感じていた。

人気子役から事実上の引退状態となり、グズグズといじけていた俺にとって、こんなに明るく、騒がしい日々が戻ってくるとは思っていなかった。それも子役時代と違って、同世代の学校の仲間と、こんなお祭り騒ぎができるなんて――まるで夢の世界にいるみたいだ。

俺は他の人にこんな楽しい世界があることを伝えたいと思った。

そしてそのために俺ができることは、自身の最善を尽くすことだけだった。

「七海《ななみ》、安心しろ！　俺は、あの男に復讐《ふくしゅう》するために生まれてきた……っ！」

俺の一挙手一投足に注目させろ。
セリフでしびれさせるんだ。
指先一つの動きにだって意味は持たせられる。
カメラの向こう側に殺気を送れ。
徹弥《てつや》というキャラクターの呪いを具現化させ、見ている者の心に焼き付けるんだ。

「ただただ、あの男に復讐《ふくしゅう》することだけを夢見てきた……っ！　お前は見ていてくれるだけで十分だ！　俺が——あの男を地獄に堕《お》とす！」

哲彦《てつひこ》が積み上げてきた時間を表現しろ。
ただの恨みじゃない。
怨念と言えるような、長年の怒りを凝縮するんだ。
そしてそこから一転。

感情の強さはそのままに、どす黒い父への呪いを、傍《そば》で支えてくれた異母妹への想《おも》いに切り替える。

「だからお前は幸せに！　お前だけでも幸せになってくれ！」

黒から白へ。

この二つは、混ざり合わないものじゃない。

絵の具なら混じり合って灰色となってしまうが、人は表と裏、両方に感情は宿る。

表面上演じているだけじゃダメだ。わざとらしさが出てしまう。

だからこそ主人公に同化し、ギャップを我が物とするんだ――

「っ――」

撮影に参加している人全員が、絶句している。

肌でわかる。今、夕闇の公園は、俺の怒りと悲しみで満ち、見ている人を呑《の》み込んでいる。

白草《しろくさ》は俺の怒りに恐怖さえ覚えているようだった。

黒羽《くろは》は徹弥《てつや》の七海《ななみ》への想《おも》いに涙ぐんでいる。

碧《みどり》は呆然《ぼうぜん》とし、蒼依《あおい》や朱音《あかね》は普段と違う俺に驚いているのか、目を見開いて固まっていた。

七海《ななみ》役の真理愛《まりあ》でさえ例外じゃない。俺の作り上げた空気を全身に浴び、一瞬身体《からだ》を震わせた。

軽く視線を動かすだけで、見る人の心を動かせそうな全能感が今、俺にはある。

カメラの先にいる視聴者が戦慄を覚える実感が得られている。

俺が、役者の質を一段引き上げる。それだけのことが、今の俺ならできる。

哲彦《てつひこ》のおかげだ。一年生の歓迎合宿でヒナちゃんに完膚なきまでに負けた。ドラマ『永遠の季節』で、超一流の役者の中でもまれた。

そのおかげで、俺の感覚は数段引き上がったのだ。

もし今日、ヒナちゃんと勝負することになっても、俺には負ける予感がしなかった。

ただ、今はみんなの演技力の引き上げが最重要だ。

だから俺は〝空気〟を作り上げることを意識していた。

笑える空気ができているとき、人は笑いやすい。コメディアンであっても、みんながしらけている場で笑わせるのは困難だ。

今の俺は、空気を作ることができる。

ひりつくような空気も、緩んだ空気も、思うがままだ。

「――カット！」

感想を言わず、哲彦《てつひこ》が右手を掲げた。

その意味は聞かずとも俺にはわかった。

俺は哲彦《てつひこ》に歩み寄り――


――パンッ！


と右手を合わせた。

哲彦《てつひこ》は最高の出来だったと言ってくれているのだ。そして口に出すのは野暮と思い、手を掲げたのだろう。

今までの演技経験を振り返っても、はっきりと最高と言える状態だった。過去、子役時代のほうが上ではないかと悩んだこともあったが、現在その迷いはない。

子役を辞めた後の苦しみが、群青《ぐんじょう》同盟での経験が、俺を大きく成長させてくれた。

だが撮影も中盤を過ぎ、このお祭り騒ぎにも終わりが見えてくる。

撮影帰りには、一抹の寂しさがよぎるようになってきた――そんなときのことだった。

阿部《あべ》先輩が、俺に連絡を取ってきたのは。

＊

撮影がいくら楽しくても、移動に演技に疲労は溜《た》まる。それが真夏ならなおさらだ。

しかも夏休みの宿題だって忘れてはいけない。俺は進学しないと決めているのでサボってしまいたいところだが、それを許さないのが群青同盟《ぐんじょう》の鬼の副リーダー、黒羽《くろは》だ。

「はい、手の空いた人は宿題やる！　えっちゃん、監視お願いね！」

「任せろ、志田《しだ》」

加えて風紀委員長的な副生徒会長、恵須川橙花《えすかわとうか》まで撮影に協力しているとなれば、誰も逃れることはできない。

受験組の三年生はもちろんのこと、二年生の真理愛《まりあ》、一年生の碧《みどり》や陸《りく》も空いた時間に宿題をさせられる有様《ありさま》だった。

これには毎日のように手伝いに来てくれる中学生の蒼依《あおい》や朱音《あかね》も例外じゃない。わざわざ荷物に参考書を入れて現場にやってくる状態だ。

「悪いな、アオイちゃん。いろいろ手伝わせちゃって」

蒼依《あおい》は基本雑用だ。

小道具の準備をしたり、買い出しをしたり、飲み物を補充したり……。

普通なら文句を言いたくなるような仕事だろうが、この子は笑顔で楽しそうにやってくれていた。

「謝らないでください、はる兄さん。わたし、楽しんでますから」

「ホントか？　雑用ばっかりで嫌じゃないか？」

「全然。むしろみどり姉さんみたいに力があれば大きな物を運べるし、あかねちゃんみたいに音楽の編集ができたらもっと力になれるのに、と思うのですが……」

あいかわらずこの子、天使である。

「そんなことないって。アオイちゃんが笑顔で気をつかってくれることで、撮影現場の雰囲気が良くなっているんだ」

俺の話が聞こえていたのだろう。エキストラで協力している男性陣の多くがうんうんと頷《うなず》いていた。

そんなエキストラの男どもは、蒼依《あおい》を横目で見ながら囁《ささや》きあう。

「あの子、中二だろ？　つまり二年後、うちの高校に来る可能性があるわけだ……」

「二年後か……　〝ヤダ同盟〟〝絶滅会〟〝お兄ちゃんズギルド〟はさすがに解散しているだろうから――」

「後釜になってくれそうだな……。よかった。今、高一のやつは、あの子がいなければ最後の一年、寂しいものになっただろう……」

「油断するな。あの子が穂積野《ほづみの》高校を受験してくれるかわからない。それより実は第四勢力……志田碧《しだみどり》の非公式ファンクラブ……〝碧《みどり》ファイトクラブ〟が設立に動いているらしい……」

「むぅ……それはまた悩みどころだな……」

「朱音《あかね》ちゃんを迎え入れる準備もしておいたほうがいいぞ。あの子も素晴らしい」

「では二人のファンクラブの名前は〝エンジェル蒼依《あおい》教会〟と〝朱音《あかね》の実験室〟でどうだ？」

「素晴らしい……っ！」

「最有力候補に入れておこう！」

あいかわらずうちの生徒はアホばっかりだな……。

「あははは……」

しっかり聞こえていたらしく、蒼依《あおい》は苦笑いをするだけだった。可愛《かわい》い。

「あれ、そういやアカネは？」

さっきまでは蒼依《あおい》の近くにいたはずだ。

蒼依《あおい》と朱音《あかね》は高校生の中にポツンと中学生がいるため、基本セットで行動している。これは朱音《あかね》が社交的でないこともあり、何も言わず蒼依《あおい》がサポートしている面もあるのだが……いったいどこに行ったのだろうか。

「ドリねぇ、そこ間違ってる」

と思ったら声が聞こえてきた。

役者の待機やスタッフの休憩のために設営したテントの下だ。

運動会で使っているものを流用したため、結構な広さがあり、現在勉強会もそこで行われている。

「やめてくれぇ、アカネ！　中二に指摘される高一って、立場がないだろ！」

「でも間違ってるし。あっ、あなたもそこの計算間違ってる」

「マジで⁉」

あれ、朱音《あかね》のやつ、陸《りく》とも打ち解けている。

よく見れば他のスタッフなどとも話し、壁を作っていない。

去年の沖縄旅行なんて、白草《しろくさ》や真理愛《まりあ》とさえまともに話そうとしなかったのに……。

たった一年でこの成長。お兄さん的立場の俺としてはちょっぴりなんだか寂しいが……でも、成長しているのは心から嬉《うれ》しかった。

こんな感じで俺たちは撮影と勉強でフル回転。脳も身体《からだ》も全開で働かせているから、毎日疲《ひ》労困憊《ろうこんぱい》で、家に帰ったらもうクタクタだった。

だから阿部《あべ》先輩のメールに気が付いたのは、ラーメンをみんなで食べて帰宅したときのことだった。

『大事な話があるんだ。よければ今日、時間がないかな？　ゲストもいるんだ』

疲れていただけに、メールを読んでしまったことを後悔した。

しかし無視もできなかった。

阿部《あべ》先輩のことが苦手なため、俺から連絡を取ることはない。そんな俺の心を見透かしてか、阿部《あべ》先輩はよっぽどの用事があるとき以外、連絡してこない。

ということはこの文面を見る限り、本当に大事な用事があるパターンなのだ。

「うーん……」

阿部《あべ》先輩は哲彦絡《てつひこがら》みをかぎまわっていて、俺の知らない哲彦《てつひこ》情報を持っていたりする。

俺は夏休みに入ってずっと哲彦《てつひこ》を警戒しているが、まだ玲菜《れな》が吐かなかった『別の仕込み』は見えてきていない。

撮影中は尻尾を出さないし、怪しい言動を見せても、

『今日、オレは用事があるから、お前らだけで夕飯食ってくれ。じゃあな』

と言って去ってしまうので、新たな情報を得られずにいた。

哲彦《てつひこ》のことだから大きな仕込みをしていそうだし、それを防ぐためには相応の準備が必要な可能性は高い。

となると、そろそろ手がかりが欲しいところではあるんだよな……。

結局俺は風呂《ふろ》にも入らず、阿部《あべ》先輩の指定したファミレスに向かった。

最後の決め手は、

『ゲストもいるんだ』

という文面が気になったことだった。

カランと音を立て、ファミレスの中に入る。

「あ、丸《まる》くん、こっちこっち」

声のほうを見ると、阿部《あべ》先輩が手を振っていた。あいかわらずキラキラ輝いているようなイケメンで、大学生となってやや大人っぽさが増し、服装もシンプルな着こなしの中に高級さを漂わせている。店内にいる若い女性の話題を奪っているあたり、殺意が湧き上がった。

向かいに座ってうつむいている女の子がゲストだろうか。入り口からは顔が見えなかった。

阿部《あべ》先輩に近づいたことで、ゲストの顔がわかる。

その瞬間、俺は言葉を失った。

「峰《みね》……？」

二年、三年と彼女とはクラスメートだ。

だから名前は知っているのだが……正直なところ、ほとんど話したことがない。制服姿しか見たことがないため、ゆったりとしたロングスカート姿がとても新鮮に感じた。

俺が知っているのは白草《しろくさ》と仲がいいことと、ぽっちゃりとしていて温厚な性格であることくらいだ。

あっ、あとは沖縄旅行のとき、白草《しろくさ》が彼女を群青《ぐんじょう》同盟に誘おうとしたこともあったっけ。

ただ残念ながら、そのとき彼女ははっきりと断り、群青《ぐんじょう》同盟との縁は特になくなったはずだ。

峰《みね》は育ちの良さがわかるような、丁寧なお辞儀をした。

「こんばんは、丸《まる》さん。外でゆっくりお話しするのは初めてですね」

「あ、ああ……」

あまりにも予想外のゲストすぎて、俺は固まってしまっていた。

阿部《あべ》先輩が立ち上がり、俺に席を譲った。

「まずは座りなよ。僕がおごるから、好きなものを食べていいよ。丸《まる》くんはご飯を食べたかな？」

「ええ」

「じゃあデザートかドリンクバーでも」

峰《みね》が奥に移動し、その横に阿部《あべ》先輩が。

俺は二人に向かい合う形で座った。

二人はドリンクバーを頼んでいたので、俺も合わせた。

そして全員アイスコーヒーが目の前に並んだところで、阿部《あべ》先輩が切り出した。

「まず、丸《まる》くん。今日は突然の誘いにもかかわらず来てくれてありがとう」

「まあそれはいいんすけど……」

問題は、阿部《あべ》先輩と峰《みね》という取り合わせだ。

一度も見たことがないコンビに、俺は目の前の光景がどこか浮世離れしているように感じていた。

「何の用事ですか？　峰《みね》まで一緒だし、意味がわからないんですが」

阿部《あべ》先輩は手元のアイスコーヒーを一口飲んで言った。

「君は今回の甲斐《かい》くんの作戦の全貌、どこまで知ってる？」

いきなりズドンと本題をついてきた。

この口ぶり、阿部《あべ》先輩は相当な部分まで情報をつかんでいそうだ。

「全貌？　とりあえず俺たちは哲彦《てつひこ》と一緒に、群青《ぐんじょう》同盟引退作品として、ショートムービーを全力で作っているだけですが」

「じゃあ甲斐《かい》くんがショートムービーを作る理由は？」

俺はわざとらしく肩をすくめた。

「そりゃ原稿を見れば、哲彦《てつひこ》が瞬《しゅん》社長に復讐《ふくしゅう》するためのムービーってことくらいは理解していますよ。でもあのムービーで告発して、どこまで効力があるのか……そういう話を、哲彦《てつひこ》抜きの群青《ぐんじょう》同盟のメンバーでしました」

「結論は？」

「レナに探りを入れたんですが、しゃべらなかったんでね。あいつを信用して、俺らはムービー作りに全力投球するってことでまとまりました」

「それでまとまるところが君たちのいいところだよね。僕がもし群青《ぐんじょう》同盟に入っていたら、甲斐《かい》くんが何を隠しているか探らないと気が済まないだろうからさ」

「だから先輩は群青《ぐんじょう》同盟に声がかからなかったんじゃないっすか？」

「ふふっ、なるほどね。そうかもしれない」

俺と阿部《あべ》先輩ばかりしゃべっていて、峰《みね》はずっと黙っている。

かといってスマホを触るなんてことはせず、互いの顔を交互に見ながらしっかり話を聞いている。白草《しろくさ》が『本当にいい子なの』と熱弁するのを何回も聞いたことがあるが、確かに誠実な女の子なのだと感じていた。

「それで、そろそろ本題なんですけど、なんで俺だけ呼び出したんですか？　しかも峰《みね》まで連れて。話の流れからして、峰《みね》が哲彦《てつひこ》の何かにかかわっているからいるんでしょうけど、そのあたりさっぱり知らない状態でして」

「まあ、丸《まる》くんの言うことはもっともだ。じゃあ一つずついこう。まず僕は、甲斐《かい》くんが君たちに隠している〝本当の狙い〟を知っている」

「えっ⁉」

本当の狙い、と来たか。

「それって、父親への復讐《ふくしゅう》ってことではなく？」

「そうなんだけど、本命の一手はショートムービーじゃない」

「その可能性は高そうだと思ってましたが……やはりあるんですね」

「甲斐《かい》くんはそんな甘いことに人生をゆだねない。もっと大きな手を打っている」

「それは……？」

阿部《あべ》先輩の口から出てきたのは、俺がずっと警戒し、知らなければならないと思っていた『別の仕込み』だった。

俺はまったくつかめなかったのに、阿部《あべ》先輩はどうやって調べたのだろうか。

そんな疑問を抱きながら、阿部《あべ》先輩の説明にじっと耳を傾けた。


…………………

……


「——というわけなんだ」

阿部《あべ》先輩が語った哲彦《てつひこ》の仕込みは、玲菜《れな》が隠すのも無理はないと思うほど常識外れの内容だった。

全容がわかってまず俺が思ったのは、

『うわっ、哲彦《てつひこ》が好みそうな作戦だな』

というものだ。

派手で、痛快で、とんでもねぇこと仕込んでやがった……」

「やっぱあいつ、

「今、甲斐《かい》くんがやろうとしている一連の行動の中で、僕がどうしても止めたいと思っている部分があるんだ」

「なんでしょう？」

「甲斐《かい》くんの、退学だ」

「はぁ⁉」

思わず変な声が出た。

「あっ、でもそっか……なるほど。『哲彦《てつひこ》の退学』と『作戦の実行』はセットになってますね」

「そうなんだ」

冷静になれば、なぜ哲彦《てつひこ》が退学届を出すのかは理解が追いつく。

だが『退学』は俺にとってあまりにも頭にない事柄だったので、一瞬パニックになってしまった。

「すでに退学届は学校に提出されている。これは総一郎《そういちろう》さんに確認した」

「マジですか……。哲彦《てつひこ》の家族は了承しているんすか？」

「今回の一件で絡《から》んでいる甲斐清彦《かいきよひこ》さんが保護者の部分に署名しているらしい。退学届の提出日は、ショートムービーの公開日、そしてハーディプロの株主総会の日、この二つが重なる八月二十五日付となっているそうだ」

「あいつ……俺たちに一言も言わず……」

「――テツくんを止めたいんです」

ずっと黙っていた峰《みね》が、ふいに口を開いた。

その口調は、今までの彼女の印象とはまったく逆の、強い意志を感じさせるものだった。

「テツくん……？」

「ああ、甲斐《かい》くんは隠していたけど、甲斐《かい》くんと彼女は〝幼なじみ〟なんだ」

「幼なじみ……」

俺の脳裏には、黒羽《くろは》との関係が浮かんでいた。

友達以上恋人未満で、互いに子どものころから知っているせいで遠慮がなくて、だからこそ距離が近くて、でも異性と意識してからはまた別の感情も湧いてきて――

そんな単純で複雑な〝幼なじみ〟。

哲彦《てつひこ》と峰《みね》がそんな関係だったなんて、正直ピンとこない。

だって。

「幼なじみなのは否定しないけどさ、おかしくないか？　哲彦《てつひこ》と峰《みね》って二年と三年、一緒のクラスだっただろ？　なのに会話しているところ、一回も見たことないぞ？」

そりゃ仲がいい幼なじみばかりじゃない。むしろ二度と顔を見たくない幼なじみだっているだろう。

しかし、だ。

峰《みね》は『――テツくんを止めたいんです』と言った。

クラスではいつも控えめで、小さな声でボソボソ話すようなおとなしい峰《みね》が強い口調で言ったのだ。そこに込められた感情は非常に大きく、無視し合う関係とは対極に思えた。

「わたしが悪いんです……」

峰《みね》は目を伏せ、おしぼりをぎゅっと握った。

「わたしが、ダメな人間だから……」

クラスにいる峰《みね》はいつも笑顔で、温和だった。

しかし今は卑屈で、コンプレックスの塊のように見える。

阿部《あべ》先輩が右肘をつき、手の甲にあごを乗せた。

「僕はね、甲斐《かい》くんがなぜ丸《まる》くんを復活させ、群青《ぐんじょう》同盟を作ったのか。その果てに何を目指し、何を果たしたいのか。それはどんな事情を抱えているためなのか。それらに興味が湧いてね。君たちの活動とは別に、ずっと調査を続けていた」

以前哲彦《てつひこ》と話していたとき、阿部《あべ》先輩について、

『めんどくせーストーカー』

『役者なんて諦めて探偵になればいいのに』

なんてことを言っていたが、今の言葉だけでもかなりしっくりきていた。

「で、どうだったんです？」

話を促してみると、阿部《あべ》先輩は目を輝かせた。

「甲斐《かい》くんが父親であるハーディ・瞬《しゅん》に復讐《ふくしゅう》をしようとしていることは、かなり早い段階で気が付いたんだ。そして群青《ぐんじょう》同盟は、復讐《ふくしゅう》をするための準備段階ということも、結構簡単にわかった。でもね、父親への復讐《ふくしゅう》だけでは説明できない部分が多すぎたんだ」

「例えば？」

「あれだけ頭が切れる甲斐《かい》くんが、『復讐《ふくしゅう》を果たしてすっきりしたーっ！』で終わると思うかい？」

「……言われてみれば確かに」

「そもそも僕から見れば、甲斐《かい》くんの計画は焦《あせ》りすぎなんだよ」

「焦《あせ》りすぎ？」

「だって甲斐《かい》くんなら、あと十年もすればハーディ社長を抜いてるんじゃないかな？　大学卒業後、大手芸能プロダクションに入って、正々堂々アイドルや歌手を育てて、それでハーディ社長を完膚なきまでに敗北させるっていうので、復讐《ふくしゅう》は完了するよ？」

「あいつ短気なところがあるんでねー。それが原因かも」

「それは僕も考えたけど、群青《ぐんじょう》同盟の発展具合が急速すぎたから、ちょっと考えから外したんだ」

「となると、哲彦《てつひこ》には別の目的があると？」

「そう僕は考えている。復讐《ふくしゅう》の先に急いで得たいものがある……そう考えたんだ」

ふと阿部《あべ》先輩は視線を横でアイスコーヒーを飲む峰《みね》に向けた。

「……え、えっ？　もしかして、哲彦《てつひこ》が復讐《ふくしゅう》の先に得たいものって……」

「僕は、彼女だと考えている」

「えええええぇぇぇぇぇっ⁉　い、いや、ちょっと待ってください！　頭の整理が――」

ヤバい、パニックになりそうだ。

まず哲彦《てつひこ》が女の子の心をつかむことを目標にしているってところが信じられない。

だって、あの女遊びのひどい哲彦《てつひこ》だぞ？　週七で女の子とデートしていたり、一日に三件デートを入れたあげくバレてクズ呼ばわりされていた、あの哲彦《てつひこ》なのに？

うちの高校で女たらしの代名詞とも言える哲彦《てつひこ》が、一人の女の子に心を奪われるというのが信じられない。

それがまた峰《みね》というのも衝撃だ。

峰《みね》は可愛《かわい》らしく優しい少女だが、正直なところモテていないだろう。実際、誰かが彼女に好意を抱いているって噂《うわさ》も聞いたことがない。

峰《みね》はやんわりと否定した。

「阿部《あべ》先輩はそう言いますが、わたしは違うんじゃないかと……」

「いや、君は自信がないだけだ。実際、甲斐《かい》くんは群青《ぐんじょう》同盟成立以後、女遊びが激減しているだろう？」

「それとこれにどう関係が？」

哲彦《てつひこ》が復讐《ふくしゅう》の果てに求めているのは峰《みね》だと仮定しよう。

でも哲彦《てつひこ》は今まで散々女遊びをしている。

普通峰《みね》の心をつかみたいなら、女遊びはしないんじゃないだろうか？

矛盾した行動だ。

阿部《あべ》先輩はその問いが来ると思っていたのだろう。さらりと答えた。

「僕はね、甲斐《かい》くんの女遊びは、峰《みね》さんの気を引くためだったんじゃないかなって思ってるんだ」

「……へっ？」

「でも、復讐《ふくしゅう》を果たさないと峰《みね》さんの気が引けないことがわかっていた。だから群青《ぐんじょう》同盟ができる前は鬱屈し、女遊びで憂《う》さを晴らしていた。そんな中、丸《まる》くんが復活したことで、高校生中に復讐《ふくしゅう》ができる可能性がでてきた。だから女遊びをやめた。そう僕は見ている」

「うーん、イマイチ聞いてもよくわからないんすが……」

俺は峰《みね》を見た。

「峰《みね》、お前と哲彦《てつひこ》がどんな関係だったのか、どうして同じクラスなのに視線さえ交わさないような関係になったのか、その辺を教えてくれないか？」

峰《みね》はうつむいていた。

ぎゅっと両手を握りしめ、深刻な顔をして考え込んでいる。

「……わかりました」

葛藤の末、峰《みね》は絞り出すように言った。

「ただこの話をわたしがすることを、テツくんはとても嫌がると思います。阿部《あべ》先輩には、テツくんを心配して助けようとしてくれたので話しました。丸《まる》さんはテツくんの親友ということで信頼してお話しするものです。他言無用でお願いできますか？」

「……わかった」

俺は力強く頷《うなず》いた。

窓の外にある国道では、ライトをつけた車が勢いよく走っている。

そんな眺めをたまに横目で見つつ、俺は峰《みね》の話に耳を澄ました。

＊

峰芽衣子《みねめいこ》は、人一倍愛情を注がれて育った。

両親はともに大手企業の研究者で、社内恋愛の末、結婚。おしどり夫婦であったが、子宝にはなかなか恵まれなかった。

両親は長期間不妊治療を行い、ようやくできた子どもが芽衣子《めいこ》だった。三千五百グラムの大きな赤ちゃんが生まれたとき、両親は泣いて喜んだ。

待望の赤ちゃんを両親は目に入れても痛くないほど可愛《かわい》がり、愛情を目いっぱい受けた芽衣《めい》子《こ》は素直に成長した。大人の言うことはいつも正しいと考え、幼稚園の先生の言うことに逆らったことがなかった。

だがどれだけ過保護に育てられても、幼稚園ごろになれば世間の荒波は避けられない。

『おい、さっさとしろよ！　こののろまが！』

当初は悪意というものすら理解できなかった芽衣子《めいこ》だったが、幼稚園の男の子から投げつけられたあざけりの意味を知り、劣等感が芽生えた。

芽衣子《めいこ》は体重が増えやすい体質だった。そこに芽衣子《めいこ》の食欲が旺盛で、両親が芽衣子《めいこ》を喜ばせるのが大好きなことが重なり、自然とふくよかになってしまったのだ。

芽衣子《めいこ》は両親を心配させるのが嫌だったため、自分がバカにされていることを絶対に話さなかった。

そのころからため込んだ劣等感の芽は、時間が経《た》つに連れて大きくなっていった。


小学生に上がり、芽衣子《めいこ》は同じマンションに引っ越してきた男の子と出会った。

『あ、あの、峰芽衣子《みねめいこ》です……！　よ、よろしくです……！』

『……ふんっ！』

彼の名は甲斐哲彦《かいてつひこ》。

今まで出会った同い年の子どもの中で、とびぬけて顔立ちが整っていて、とびぬけて頭がよく、とびぬけて繊細な男の子だった。

『ねぇ、テツくん。テツくんのお父さんはどこにいるんですか？』

『あぁ？　父親？　クズだからいなくなったんだよ』

哲彦《てつひこ》はいつも怒っていた。誰かにというより、この世の中すべてに対して怒っているようだった。

毎日遊ぶことしか考えていない男の子たちとはまるで違う雰囲気を持っていた。目の奥はギラつき、生まれてきた目的をすでに知っているようなところがあった。

そんな、あまりに自分と正反対の気質、性格、能力、見た目……それらを併せ持つ哲彦《てつひこ》に、芽衣子《めいこ》は惹《ひ》かれた。

彼は、ぼんやりとしていて何も成せない自分と違って、生まれながらに大きな運命を背負っていると感じた。彼の苦しみを、もしできることなら少しでも取り除いてあげたい。

そう、芽衣子《めいこ》は常に考えるようになっていた。

『ついてくんなよ、メイ』

『でも……わたし、テツくんと……』

『邪魔なんだよ』

小学校の三年生になるころ、芽衣子《めいこ》は哲彦《てつひこ》から邪険にされるようになった。

元々同じマンションに住んでいるから一緒に登下校しているという程度の関係だったが、その間は楽しく会話できていた。

だが成長するに連れて哲彦《てつひこ》は不機嫌なことが多くなり、他人への攻撃性が強くなっていった。

芽衣子《めいこ》は同じマンションで、小学一年生からの付き合いだったことから、哲彦《てつひこ》の攻撃的な部分に慣れていた。また攻撃的な部分も、両親への鬱屈を抱えているためであることを理解していたので気にならなかった。

だからせめて密《ひそ》かに哲彦《てつひこ》の幸せを願っていた芽衣子《めいこ》だったが——哲彦《てつひこ》の行動は段々と過激化していった。

『うぜぇんだよ、クソ野郎』

威張っているような同級生がいればいじめるようになり、しかも先生から怒られないような仕掛けをするなんてことも行っていた。

しかし狡猾《こうかつ》さは敵を作る。

芽衣子《めいこ》は哲彦《てつひこ》が多くの人に嫌われないか心配だった。

『テツくん、そんなことして、大丈夫……？』

芽衣子《めいこ》は何度もそう言って、遠回しに止めた。

しかし哲彦《てつひこ》はやめなかった。

『オレがいじめてるのは、弱い者いじめをしているやつだけだ。いじめるやつをいじめて何が悪いんだ？』

彼は正義の免罪符を探しているのだと芽衣子《めいこ》は感じた。やりきれない気持ちを吐き捨てている相手を選んで叩《たた》きのめしているのだ。

実際、哲彦《てつひこ》がいじめる相手は、クラスのリーダーや運動が得意な男の子など、他人を傷つける傾向にある子がほとんどだった。芽衣子《めいこ》はいつもいじめられる側だったが、哲彦《てつひこ》から邪険にはされても、いじめられたことはなかった。

いじめる人間は、力を持っていたり、気の強さを持っていたりする場合が多い。

そんな同級生たちを軽く凌駕《りょうが》する才能や力を哲彦《てつひこ》は持っていたが、相手が集団で対抗してくるようになってからは不利となった。

そのため小学五年生ごろになると、哲彦《てつひこ》は孤立した。

連携して哲彦《てつひこ》を無視するようになったのだ。

そのおかげというべきか。

芽衣子《めいこ》は以前邪険にされていたが、このころになると傍《そば》にいても追い払われることはなくなっていた。

『テツくんって、ホント凄《すご》いです！　どうしてなんでもそんなにすぐにできるんですか？』

『オレに近寄るなよ、メイ。お前までハブられるぞ』

他人との関係性に多くの心を砕く芽衣子《めいこ》は、当然その危険性に気が付いていた。

だけど——構わなかった。

『……いいですよ。テツくんと一緒なら』

『メイ……』

芽衣子《めいこ》は好きだった。哲彦《てつひこ》が。このあふれるほどの才気を持ちながら、どうしようもないほどのはねっかえりで、やるせない感情を抱え、目に見えない何かと戦い続けている幼なじみが。

彼の力になれるのなら、周囲から無視されてもよかった。

芽衣子《めいこ》は哲彦《てつひこ》とともに孤立した。

しかしその分、関係は近くなった。低学年のころのように、毎日一緒に登下校するようにもなった。

きっかけは、あるいじめっ子が芽衣子《めいこ》をいびったことだ。

そのことに哲彦《てつひこ》が激怒。これ以上ちょっかいかけてこないよう、登下校でもクラスでも芽衣《めい》子《こ》の横に自然といるようになった。

芽衣子《めいこ》は嬉《うれ》しかった。一緒にいてくれる目的が、自分を守ろうとするためだとわかったからだ。

『あいつにどうやったら吠《ほ》え面《づら》をかかせてやれるんだろうな……』

小学校からの帰り道、芽衣子《めいこ》は哲彦《てつひこ》からそんな話を聞いた。

『わたしはテツくんが幸せになれればいいと思いますけど……』

『あのクソ野郎のひどさを世間に知らせることがオレの幸せなんだよ』

哲彦《てつひこ》が包み隠さず話してくれたことで、芽衣子《めいこ》はだいたいの事情を知るようになっていた。

哲彦《てつひこ》の話では、叔父にしか話したことないから他のやつには黙っていろという。

もちろん芽衣子《めいこ》は他の人に言う気などなかった。

自分を特別視してくれることがたまらなく嬉《うれ》しかった。

『そうですかぁ……。今は無理かもしれないですけど、テツくんならいつか必ずできますよ』

ただできることと言えば、話を聞くことと、励ますことだけ。

『テツくんはわたしなんかと違って、凄《すご》いんです。だから大丈夫です』

『メイ……』

芽衣子《めいこ》は思っていた。

哲彦《てつひこ》は初めて会ったときから変わらず〝特別感〟を持っているって。

元々目立つタイプだったが、小学校高学年になった今、顔立ちは鋭く、ときに甘く、歩くだけで年上の女性から騒がれるようになってきた。

頭のキレは年齢を重ねるほど鋭くなり、まだ小学生なのに先生さえ上回ることも珍しくない。ほとんど勉強しなくても成績は当然のように最上位。運動をさせれば運動部にだって負けなかった。

哲彦《てつひこ》を嫌っている人間だってわかっている。彼は普通じゃない、と。

芽衣子《めいこ》は自分を振り返るたび、あまりの平凡さ、無力さに打ちひしがれていた。

勉強は平凡で運動は苦手。話すのは遅く、人に気をつかってばかり。人より優れていると誇れるものなどなく、いつも笑っていることくらいしかできない。

本当は哲彦《てつひこ》の役に立つアイデアを出したかった。彼の役に立つ特技が欲しかった。守ってもらうばかりじゃなくて、自分が哲彦《てつひこ》を守りたかった。傷つく彼を癒やしてあげたかった。

でも、何もない。

芽衣子《めいこ》は好きな人に何もしてやれないことが、むしろ足手まといになっていることが、悲しくて悲しくて仕方がなかった。どうして自分はこんなにどんくさいのだろうと自らの無能さを恨んだ。

中学に上がると、持っているものの差はさらに開き、現実は容赦なく襲い掛かってきた。

『ねぇ、あの男の子、カッコよくない……？』

『うわっ、凄《すご》い美形！』

『それだけにさ……』

『あー、横の子？』

『まさかあの子、彼女じゃないよね……？』

『それはないっしょ～。釣り合わなすぎ～』

『でも制服一緒だし……顔が似てないところを見ると、兄妹《きょうだい》でもなさそうだし……』

『あれだよ。あの子は部活のマネージャーで、たまたま買い物をさせられてるとか』

『そんな感じー』

駅で並んで立っていると、陰口が耳に届いた。

中学に入って一か月程度しか経《た》っていないのに、すでに何度も同じようなことを言われている。芽衣子《めいこ》はそんな声が聞こえてくるたび、身体《からだ》が縮こまる思いだった。

自分は哲彦《てつひこ》の横にいていい人間じゃない。彼は特別だ。

でも——好きだから、離れたくない。

結ばれなくても、ずっと見ていたい。

（だからお願いです、神様。もう少しだけ、傍《そば》に――）

そう念じずにはいられなかった。

『なんだ、お前ら？』

ささやきあっていた少女たちを哲彦《てつひこ》がにらむ。

『言いたいことがあるなら、こっちに来て言えよ』

哲彦《てつひこ》が鋭いまなざしを向ければ、反抗できる同世代の女の子などほとんどいない。それほど哲彦《てつひこ》は尖《とが》った空気をまとっている。

このときも少女たちは顔を青ざめさせ、走り去っていった。

『メイ、あんなやつらの話なんか聞くな』

自分のために怒り、守ってくれることがたまらなく嬉《うれ》しかった。

でも同時に、申し訳なかった。

『ごめんなさい、テツくん』

『謝るなよ。謝るとしたらあいつらだろ？』

『そうですね。ありがとうございます、テツくん』

『……おう』

哲彦《てつひこ》への想《おも》いは時が経《た》つほど強くなっていった。しかし自分が哲彦《てつひこ》に釣り合わないと感じる想《おも》いは、さらに強くなっていった。

大きな転機は、中学一年のバレンタインデーに起こった。

『はい、どうぞ、テツくん』

学校からの帰り道。誰にも邪魔されない、二人だけでいられる時間。

雪がちらついていたが、芽衣子《めいこ》はこのときしかないと思って公園へ寄り道しようと誘った。

哲彦《てつひこ》は――

『おう』

と、あいかわらずぶっきらぼうな言い方をしながらも、素直についてきた。

『これ……今日はバレンタインデーですから』

手袋を外し、今日一日学校指定のカバンに眠っていた四角の箱を取り出して差し出した。

先週の日曜日、百貨店のバレンタインデーイベントで二時間かけて選んだチョコレートだ。

『……ありがとな』

哲彦《てつひこ》が受け取るまでに、少し間があった。

去年までと違う雰囲気を感じたため、芽衣子《めいこ》はこう言った。

『感謝しなくてもいいですよ。毎年渡してるじゃないですか』

『………………』

哲彦《てつひこ》は元々手袋をつけていなかった。手をコートのポケットに入れれば問題ないと考えていたのだろうが、今、チョコレートの箱を見つめたまま固まっている。そのため手から急速に温度は失われ、赤くなり始めていた。

『テツくん、どうしましたか？　寒いでしょうし、チョコレー』

『──メイ、このチョコは、〝本命〟と思っていいのか？』

突然の一言に、芽衣子《めいこ》は心臓をわしづかみにされたような衝撃を覚えた。

チョコレートが〝本命〟なら……それは『恋愛対象として好きです』という証《あかし》。

好きの中にも『友達としての好き』と『恋愛対象としての好き』があり、ここを超えることの大変さに苦労する幼なじみは多い。

しかし哲彦《てつひこ》は直球で尋ねてきた。

ただし、哲彦《てつひこ》らしい絶妙な言い方だ。

哲彦《てつひこ》のセリフは、芽衣子《めいこ》の気持ちを聞くものでありながら、すでに自分の気持ちを伝えている。

哲彦《てつひこ》はこう言っているのだ。

『チョコがもらえて嬉《うれ》しい。できれば、お前の本命チョコであって欲しい。そう思っていいのか？』

——と。

すでに哲彦《てつひこ》は、事実上芽衣子《めいこ》に告白したようなものだった。

当然、芽衣子《めいこ》もそのことに気がついた。

そして、泣きたくなるほど嬉《うれ》しかった。

(チョコレートが〝本命〟かどうか？　……そんなのイエスに決まっている)

芽衣子《めいこ》は胸の中でつぶやいた。

……でも。でも。でも。

(わたしは——)

釣り合わない。彼の横に立てているのは、まだ中学生だからだ。

それでもあらゆるもので絶望的なまでに差がある。

容姿だけじゃない。

頭の良さも、社交性も、運動神経も、何もかも——

これからさらに彼は非凡な才能を開花させ、自分は平凡の中であがくので精いっぱいになるだろう。

『メイ。どうして何も言わないんだよ』

絞り出すような声だった。

声色には切ないまでの必死さが混じっている。

哲彦《てつひこ》にとっても先ほどのセリフは、一大決心のことだったことがわかった。

そのことが芽衣子《めいこ》はたまらなく嬉《うれ》しかった。

彼が自分なんかを本気で想《おも》ってくれていることがわかったからだ。

けれど――

『…………』

『何か言えよ、メイ』

芽衣子《めいこ》はうつむいたまま尋ねた。

『……テツくんは、お父さんへの復讐《ふくしゅう》が目標って言ってますよね？』

『？　ああ、それが？』

哲彦《てつひこ》は問いの意味が理解できないようだった。

しかし芽衣子《めいこ》にとって〝哲彦《てつひこ》が復讐《ふくしゅう》を目標とすること〟と〝自分が哲彦《てつひこ》の傍《そば》にいること〟には大きな関係性があった。

単純な結論だ。

――わたしは、テツくんの足手まといになる。

そう芽衣子《めいこ》は確信していた。

哲彦《てつひこ》の復讐《ふくしゅう》相手は、ただの父親ではない。

芸能界という一般人には手が届かない業界で実績をあげ、将来は芸能事務所の社長にもなりうる立場の人間だ。

そんな人間に復讐《ふくしゅう》しようだなんて、尋常なことではない。

芽衣子《めいこ》が同じ立場に立たされたなら、即座に不可能と諦めるような困難なことだ。

才能豊かな哲彦《てつひこ》でさえどうやればいいか想像がついていない。

相手はゴシップなどを仕事の一部とする、海千山千の人。虚実交わる業界の最前線にいる人間に、無能は足手まといにしかならない。

もし哲彦《てつひこ》が何かしらの手段で復讐《ふくしゅう》を実行しようとする。

そのとき芽衣子《めいこ》は、自分が〝哲彦《てつひこ》の弱点〟となり、標的になることが容易に想像できた。

哲彦《てつひこ》は、父親への復讐《ふくしゅう》が人生の目的だと繰り返し言っていた。

芽衣子《めいこ》は誰よりそれを聞き、その目標を尊重していた。

だから――

彼の弱みになる選択だけは……絶対にしてはならなかった。

『テツくん、何か勘違いしてないですか？』

意を決し、口を開いた。

その一言で、哲彦《てつひこ》の表情が恐ろしいほど硬くなるのが見て取れた。

『わたしとテツくんは幼なじみなので……だから渡しているだけですよ』

哲彦《てつひこ》を傷つけている実感が、芽衣子《めいこ》にはあった。

そして同時に、自分の心をズタズタに切り裂いたかのような激痛が全身を駆け巡った。

本当は叫びたかった。


――わたしはテツくんが好きです。

――こんなわたしを好きになってくれて嬉《うれ》しいです。

――嬉《うれ》しくて嬉《うれ》しくて、涙が出そうです。

――わたしのほうがずっとずっと前からテツくんが好きでした。

――こんなわたしでよければこれからも傍《そば》にいさせてください……。


そんな思わず喉から出てしまいそうな想《おも》いを――必死に呑《の》み込む。

芽衣子《めいこ》には予感があった。

哲彦《てつひこ》の傍《そば》に今は自分しかいないが、いつか必ず哲彦《てつひこ》にふさわしい仲間が現れる。

平凡な自分では足手まといになるが、きっとその仲間たちは様々な個性や才能を持ち、哲彦《てつひこ》の能力をさらに開花させ、助け合う関係となるだろう。

『っ……』

芽衣子《めいこ》は瞳から涙がこぼれ落ちていることに気がついた。

(どうしてわたしは、テツくんについていけるだけの力がないのだろうか)

傍《そば》にいたかった。肩を並べて対等な関係で助けたかった。

でも、残酷なことにそれが無理なことだと、はっきりと芽衣子《めいこ》は自覚していた。

『メイ……』

『もう、いいですか？』

芽衣子《めいこ》は反転して走り出した。

公園の出入り口の柵を避けようとしたところで、足をぶつけてしまって転ぶ。

『メイ……っ！』

『来ないでください！』

こんなに大きな声で叫んだことは、芽衣子《めいこ》自身の記憶にもなかった。

自分のどんくささが、それが原因で哲彦《てつひこ》の想《おも》いに応えられないことが、怒りとして渦巻いていた。

芽衣子《めいこ》は鼻に違和感を覚えた。

顔を正面から地面にぶつけたため、鼻血が出たのだ。

無様な自分にふさわしい。
芽衣子《めいこ》は自嘲という感情を、初めて覚えた。
『もう……わたしに構わなくていいですから……っ！』
それだけ言って、芽衣子《めいこ》は再び走り出した。
視界が歪《ゆが》んでいた。
涙が溢《あふ》れて止まらないのだ。
（テツくんとの関係を、わたしは自ら断ってしまった……）
もう後戻りできないとわかった。
小学一年生のときに出会った、初恋の人。
六年にも及ぶ初恋が、今、終わってしまったのだ。
初恋が終わるとき、血の味と凍《い》てつく空気のにおいがするんだ――
そんなことを芽衣子《めいこ》は思った。

＊

ピンポーン、と店員を呼ぶ音がファミレス内に響き渡る。
その音で俺は我に返った。

「いやぁ、なんていうか、哲彦《てつひこ》にそんな一面があったとは……」

「僕も初めて聞いたときは、丸《まる》くんと似たような気持ちになったよ」

いまだに俺は峰《みね》の話が半ば信じられずにいた。

真実なのだと確信できるのは、隣に阿部《あべ》先輩がいるからだ。

この人はイケメンのくせに厄介なストーカー気質がある人だ。しかし情報の信頼性という点においては、この人以上の人はほとんどいない。

「ちょっとわからない部分があるんだけどさ」

「何でしょう？」

真剣な顔で見つめ返してくる峰《みね》に対して、俺は慎重に尋ねた。

「峰《みね》はどうして哲彦《てつひこ》と同じ高校に来たんだ？　だって、中学校は小学校から高校まで一貫教育のところだろ？　エスカレーターで上がれるのに、うちの高校をわざわざ受験してきた理由はなんなんだ？」

峰《みね》の話を聞く限り、峰《みね》と哲彦《てつひこ》の関係は、バレンタインデーの一件で破綻したのだろう。

現在も同じクラスでも会話しているところを見たことがないことから考えても、そのときからずっと破綻したままだ。

なのに、関係が破綻した幼なじみと同じ高校をわざわざ受験している。エスカレーターで高校に上がれるにもかかわらず、だ。

これはもう狙って哲彦《てつひこ》と一緒の高校に行こうとしたとしか思えない。

だが普通に考えて、関係が破綻した幼なじみと同じ高校に行きたいと思うだろうか？

もし俺が黒羽《くろは》と関係が破綻してしまったとしたら……正直、同じ場所にいること自体が辛《つら》いだろう。

それだけに峰《みね》の行動が理解できなかった。

「……テツくんを見ていたかったんです」

その一言に込められた重みに、俺は唾を飲み込んだ。

「わたしはテツくんの傍《そば》にいられるだけの力はありません。足手まといになるだけですから。でも――だからこそ――テツくんがどうなっていくか、見ていたかったんです」

執念とでも言えばいいのだろうか。

峰《みね》から黒い決意を感じる。

ちょっと哲彦《てつひこ》に似ていると俺は思った。

哲彦《てつひこ》の復讐《ふくしゅう》への執念も相当なものだが、峰《みね》も相当にこじらせている。

「はぁ～」

さすがに重い話が続き、ドッと疲れが襲い掛かってきた。

日中は撮影で走り回っていたのだ。時刻も夜九時を回っている。

ただこんな機会はあまりないと思い、話の方向性を切り替えた。

「峰《みね》の気持ちはわかったし、哲彦《てつひこ》にとても近い存在だとわかった。だから情報の確認をさせてもらいたいんだが、いいか？」

「ええ」

「じゃあ、哲彦《てつひこ》がうちの高校を受験したのって、俺に近づくためだって聞いたんだけどさ、本当か？　俺さ、今の話を聞いて、哲彦《てつひこ》は峰《みね》とエスカレーターで一緒の高校に上がることが耐えられなくて、適当な高校に外部受験したんじゃないかって思ったんだが」

「……たぶんその二つともが正解です」

峰《みね》は寂しそうな横顔を見せた。

自分を避けるために別の高校を受験しようとした、という部分に彼女の苦しみがある。

「わたし、中学三年生のとき、テツくんの叔父さんから聞きました。わたしと離れようと考え、別の高校を調べている過程で丸《まる》さんのことを知り、穂積野《ほづみの》高校を受験することに決めた、と」

うーん、叔父さんが峰《みね》に漏らしたせいで、哲彦《てつひこ》は峰《みね》と離れようとしたのに、結局同じ高校に入学することになってしまったのか。

……たぶんその叔父さんは、二人は一緒の高校に入ったほうがいいって判断して、意図的に情報を峰《みね》に流したんだろうな、きっと。

「しっかしあいつ、マジで中学校のころから俺を復活させて、瞬《しゅん》社長にマウント取ろうとしてたんだな……。エスカレーターで上がれるのに別の高校を受験するなんて、俺からするとやりすぎにしか思えないが……」

阿部《あべ》先輩は何を言っているんだい？　という表情をした。

「僕はむしろ甲斐くんらしいと思ったけど？」

俺は喉を詰まらせた。

「うっ……それは確かに……」

「あっ、この機会に僕も峰《みね》さんに確認したいことがあったんだ」

阿部《あべ》先輩が会話の矛先を峰《みね》に変えた。

「なんでしょう？」

「浅黄《あさぎ》さんって、甲斐《かい》くんを追いかけて穂積野《ほづみの》高校に来たの？　彼女は甲斐《かい》くんと同じ中学だろう？　穂積野《ほづみの》高校に来るなんて、甲斐《かい》くんを追いかけるためって理由しか思いつかなくてね」

「浅黄《あさぎ》さんは、わたしがテツくんと疎遠になってからテツくんと話すようになった人なので、確証は持てませんが……はい、おそらくそうだと思います」

「君は甲斐《かい》くんと浅黄《あさぎ》さんが異母兄妹《きょうだい》って知ってた？」

「それは最近確信しました。白草《しろくさ》さんから、ショートムービーの原稿を読ませてもらったときに」

「逆に言えば、それまでは知らなかったんだ」

「はい。ただ中学時代から二人の雰囲気が特殊というか、少なくとも恋愛感情がないように見えていたので、親類かなとは予測していました」

俺がいるから哲彦《てつひこ》が穂積野《ほづみの》高校を受験してきて、哲彦《てつひこ》が穂積野《ほづみの》高校に来るから、峰《みね》と玲菜《れな》も受験してきた？

なんだなんだ、ひどいドミノ倒しになってるな。

（ただまあ受験なんて、こんなものかもしれない）

仲のいい友達が受ける高校だから、自分の学力と合っているから、両親の母校だから——そんな理由で多くの人は高校や大学を選ぶ。

哲彦《てつひこ》は復讐《ふくしゅう》に俺が役立つかもと思って——

峰《みね》は想《おも》い人を追いかけて——

玲菜《れな》はおそらく、異母兄の力になりたくて——

うちの高校を受験したのだ。

「みんないろんな想《おも》いで高校選びをしていたんだな……」

俺は黒羽《くろは》に引っ張られる形で穂積野《ほづみの》高校を受けた。別の言い方をすれば、俺が穂積野《ほづみの》高校を受けた理由は『黒羽《くろは》がいたから』だろう。

『ほら、ハル！　勉強サボらないの！』

『もーっ、すぐだらけて……。ねっ、ハル！　もう少し頑張ろっ！　一緒に高校行こうよ！』

『うへ～、勘弁を～』

脳裏に黒羽《くろは》の声がよぎる。

黒羽《くろは》に勉強を教わり、黒羽《くろは》が励ましてくれなければ、俺は間違いなく穂積野《ほづみの》高校に合格していないだろう。そうなれば状況も違い、当然群青《ぐんじょう》同盟もできていない。

中三当時は気にもしなかった何気ないやり取りが、自分の人生を左右させていたのか……。

なんだか不思議な気持ちになった。

「テツくんや浅黄《あさぎ》さんは頭がいいので余裕だったみたいですが、わたしは学力が全然足りなくて――かなり必死でした」

峰《みね》がテーブルの上に出していた手を、ぐっと握りしめた。

「今、わたしの学力はよくて下の上といったところなのですが、精いっぱい努力してこのぐらいなんです。一度白草《しろくさ》さんから群青《ぐんじょう》同盟に誘っていただいたことがあると思うのですが、断った一番の理由は、わたしが皆さんについていけないと思ったからです」

「でも哲彦《てつひこ》を見ていたいから同じ高校に来たんだろ？　群青《ぐんじょう》同盟に入ったほうがもっと近くで見られたと思うんだが？」

「繰り返しになってしまいますが、わたしはテツくんの傍《そば》にいられるだけの力はありません。

足手まといになってしまいます」

「足手まといって……」

峰《みね》はちょっと卑下しすぎではないだろうか。

群青同盟《ぐんじょう》に峰《みね》が入ったと仮定しよう。その際、哲彦《てつひこ》とは会話がしづらいだろうが、白草《しろくさ》は最初から友達だし、他のメンバーとも軋轢《あつれき》を生むとは思えない。

群青同盟《ぐんじょう》に入るのに、特別な特技は必要ない。それを言ったら玲菜《れな》、碧《みどり》、陸《りく》あたりは入れないことになってしまう。

峰《みね》は俺を見据えた。

「丸《まる》さんはお母さんが亡《な》くなったことについて、マスコミで騒がれたことがありますよね？」

「あ、ああ」

いきなりの話題の転換に驚きつつ、俺は頷《うなず》いた。

峰《みね》が言っているのは、俺の母親が収録中の事故で亡《な》くなったにもかかわらず、スタッフの責任として騒ぎ立てられた一件のことだ。

黒羽《くろは》、白草《しろくさ》、真理愛《まりあ》からインタビューを受ける形のドキュメンタリーを作り、〝チャイルド・キング〟の真エンドも合わせて公表することで落ち着かせたが、対応を間違えればどうなるかわからないような事態だった。

「また、桃坂《ももさか》さんはご両親絡《がら》みで相当苦労されたとか」

「あったな」

真理愛《まりあ》の両親が金の無心に来た件だ。

大学での演劇勝負を通じて真理愛《まりあ》はトラウマを克服したが、吹っ切るまでは見ていられないほど辛《つら》そうだった。真理愛《まりあ》に強靭《きょうじん》な精神力がなければ、きっと潰れていただろう。

「白草《しろくさ》さんから聞いたのですが、どちらもテツくんのお父さんがやったことですよね？」

「そうだな」

「あれらは狙われたのが丸《まる》さんや桃坂《ももさか》さんだったからこそ乗り越えられたのだと思います。もしわたしであれば、きっとテツくんの迷惑になっていただけでしょう」

「…………」

峰《みね》が言った通りになるかはわからない。

瞬《しゅん》社長が峰《みね》を狙うかなんて仮定に過ぎないし、実際峰《みね》が狙われても乗り越えられるかもしれない。

峰《みね》の懸念《けねん》はわかる。ただ、決めつけすぎているように感じた。

（峰《みね》とほとんど話したことがなかったから、知らなかったが……）

温厚な割に、物凄《ものすご》く頑固だ。

こうと決めたら結論を動かさない。

そして強いコンプレックスを抱いている。

　一つ一つで見れば、誰にでもコンプレックスの一つや二つはあることかもしれない。

　でも強いコンプレックスが先天的な頑固さや哲彦《てつひこ》とのすれ違いと相まって、とんでもなく歪《ゆが》んだものとなっているように見える。

　俺は大きくため息をつき、つぶやいた。

「あのさ、哲彦《てつひこ》の気持ちを想像してみたんだが……そのうえでの俺の感想、言っていいか？」

「あっ……はい、どうぞ」

　あいかわらず峰《みね》はクラスの誰よりも丁寧な口調だ。

　そう、峰《みね》はとても口調が丁寧で、白草《しろくさ》の友達をやれるほど心が広いことはわかっている。

　しかしそれでも、俺はこう言わずにはいられなかった。

「峰《みね》ってさ、小悪魔だよな」

「……………………………へっ？」

　峰《みね》はふくよかな顔を、ぽかんとさせた。

「いや、小悪魔じゃないな。悪魔……大悪魔と言ったほうがいいかな……。とにかくあまりにも恐ろしいことをしていて、俺はマジで衝撃を覚えている」

「あっ、丸《まる》くんもそう思った？」

「阿部《あべ》先輩もですか？」

「いや、だってさ……ねぇ？」

Coffetime

「ですよねー。哲彦《てつひこ》を初めて気の毒に思ったというか」

「えっ？　えっ？　えっ？」

どうやら峰《みね》は理解できないらしい。

だから俺は、はっきり言ってやった。

「峰《みね》、お前がやってることは、全部逆効果になってる。間違いなく、だ」

峰《みね》はあわあわと手を動かしながら聞いてくる。

「ど、どこがでしょう……？」

「いうなれば全部だ」

「全部⁉」

「まあ、全部だよね」

阿部《あべ》先輩が会話に割って入ってきた。

「全部ですよね」

「そうだね、全部だ」

峰《みね》はさらにパニックになっているようで、はわわと言いそうな勢いで混乱している。

その姿は可愛《かわい》らしいマスコットキャラクターを見ているようで心を和ませる効果があるのだが、理解できていない峰《みね》のために、俺はかみ砕いて言った。

「これは確証がないんだけどさ。相手が哲彦《てつひこ》だろ？　峰《みね》は気持ちを隠しているつもりでも、全部哲彦《てつひこ》は察している気がするんだよなー」

「同感だね」

「えっ……えええぇぇぇぇ⁉」

俺の言葉がよほど意外だったらしく、峰《みね》が頬に両手を当てて立ち上がる。

しかし叫んだことで注目を浴びていることに気がつき、すぐに座りなおした。

「あっ、あの、テツくんはどうして気がついているのでしょうか……？」

「いやまあ、それは哲彦《てつひこ》だから。気がつかないほうがおかしいというか」

「峰《みね》さんはどうして甲斐《かい》くんが気がついてないと思うんだい？」

阿部《あべ》先輩の問いに、峰《みね》は小さな声で答えた。

「あの、それは……わたし、ひどいことを言ってしまいましたし……長いこと話をしてないので……」

俺と阿部《あべ》先輩は顔を見合わせ、同時に肩をすくませた。

「峰《みね》、お前が哲彦《てつひこ》と一番長い付き合いなんだろ？　あいつがそういう恋愛的なもの、気がつかないタイプだと思うか？」

「それは…………………」

ゆったりとした時間が流れる。

峰《みね》特有のややのんびりとした口調と、緩やかな思考速度が作り出しているのだろう。

少し間を空け、峰《みね》は言った。

「……確かに。テツくんなら、わたしの考えなんて見透かしていると思います……」

「じゃあ哲彦《てつひこ》が、峰《みね》の考えに気がついている前提で状況を考えてみようぜ」

俺はそう整理した。

「哲彦《てつひこ》からすると、峰《みね》と両想《りようおも》いなのはわかっているけど、峰《みね》は足手まといと思い込んで傍《そば》にいてくれない。つまり復讐《ふくしゆう》が達成できてないから、峰《みね》は近くで見ているだけで、傍《そば》にいてくれない……そう思うんじゃないのか？」

「それは——」

峰《みね》は押し黙った。

「両想《りようおも》いってわかってるのに、振られてさ。なのに届きそうで届かない距離でずっと自分を見ている……それは辛《つら》いよなぁ」

「そういえば丸《まる》くんは志田《しだ》さんに文化祭で振られた後、しばらくは顔を合わせるとサル化してたよね？」

「そういうのは思い出させないでくれませんかぁぁぁ！　阿部《あべ》先輩ぃぃぃ！」

俺が頭を抱えながらにらむ姿を、阿部《あべ》先輩は白い歯を見せてさわやかに笑って流した。

あいかわらずこの人、いい性格している。

「その辺の事情も考慮して、僕は甲斐《かい》くんの女癖の悪さは、峰《みね》さんへの当てつけじゃないかという結論に至ったわけだ」

「あ〜、最初はしっくりこなかったんですが、今聞けばなるほどですね。俺は哲彦《てつひこ》と同じマネできないけど、そういうことしたい気持ちはわかりますわー」

両想《りょうおも》いなのはわかってる。でも相手の女の子は、理由があって告白を蹴ってきた。説得しても相手は頑固で話を聞こうともしない。その結果、もうやってられない気持ちになったあげく――

ああ、いいよ！　じゃあ他の女の子と遊んでやる！　ほらほら、そんなどうでもいい理由なんて捨てて、振るのを撤回してくれよ！　俺が遊ぶところ見ていたくないだろ！　せめて見ないでくれよ！　なあ！

……という心情ではなかったのだろうか、と想像できた。

「復讐《ふくしゅう》を焦《あせ》っているのも、峰《みね》さんの視線に耐えられないせいじゃないのかな？　さっきも言った通り、甲斐《かい》くんの才覚なら、十年の時間があれば正攻法でいっても復讐《ふくしゅう》を達成できると僕は思うんだ。なのに群青《ぐんじょう》同盟なんて組織を高校生の間に作るなんて……。まあ、甲斐《かい》くんだから復讐《ふくしゅう》を前倒しにできたんだろうな」

「そんなこと、あるはずがないと思いますが……」

峰《みね》は否定するが、俺は阿部《あべ》先輩の意見のほうが正しいように思えた。

「峰《みね》は自己評価が低すぎるんじゃないか？」

「そうでしょうか……？」

「だってさ、哲彦《てつひこ》から告られてるんだぞ？　しかも遊びとかじゃなく『ガチのガチでの告白』だぜ？　もちろん断言なんてできないけど、哲彦《てつひこ》の性格でそんなことするなんて、一生に何度もないと思うんだが」

「……過去のことですよ」

峰《みね》は視線をテーブルに落とし、冷笑した。

「テツくんが苦しんでいるとき、近くにいたのはたまたまわたしだけだった……それだけです」

「それってめちゃくちゃ大事では？」

俺は腕を組んだ。

「例えば……峰《みね》はシロと仲がいいだろ？　だからよくわかると思うんだけど、シロが俺に好意を抱いてくれてるのって、シロが引きこもっちゃってたときに、たまたま俺が手を差し伸べたからだと思うんだよな。だってそうじゃなきゃ、可愛《かわい》くてお嬢様で小説家でもあるシロが、俺に振り向くなんてありえないだろ？」

「違いますよ」

静かな――でも明瞭な口調で峰《みね》は言った。

「丸《まる》さんは白草《しろくさ》さんに好かれるだけの魅力があるんです。運だけで志田《しだ》さんや桃坂《ももさか》さんにまで好かれるでしょうか？　魅力のない人が、子役としてスターになれるでしょうか？」

「それは……」

「その点は峰《みね》さんに同感だな。丸《まる》くんも自分を過小評価しすぎる傾向がある」

阿部《あべ》先輩にまで言われて、俺はぐうの音も出なくなってしまった。

「丸《まる》さんは先天的に持っている人なので感覚的にわかりづらいかもしれませんが、群青《ぐんじょう》同盟に入っている人は皆さん大きな才能を持っていて、それでいて人格的にも優れている、凄《すご》い方々ばかりです。持っていないわたしからすると、とてもまぶしいです」

ああ、なるほど。峰《みね》の強いコンプレックスの正体がようやくわかってきた。

彼女は持っている側と持っていない側で区別をしていて、哲彦《てつひこ》を持っている側、自分を持っていない側に分けている。

確かに物事には持っている側、持っていない側という現実が存在する。

お金、容姿、才能、実績、権力……。

その点を重視する人がこの世に多く存在するのも事実だろう。

でも――

哲彦《てつひこ》はたぶん、そういうのをあまり気にしない。むしろ持っているやつに反発し、吠《ほ》え面《づら》をかかせてやろうと思うのが哲彦《てつひこ》な気がした。

「……まあ、哲彦《てつひこ》と峰《みね》の関係はだいたいわかりました。哲彦《てつひこ》の目的が〝復讐《ふくしゅう》〟だけでなく、その先にある〝峰《みね》との関係修復〟にあることも。で、先輩」

「何だい？」

「哲彦《てつひこ》について、先輩は具体的にどうしたほうがいいと思ってんですか？」

阿部《あべ》先輩は即答した。

「最初に言ったように、僕が止めたいのは甲斐《かい》くんの退学だ。この点で僕と峰《みね》さんは完全に一致している」

阿部《あべ》先輩の横で、峰《みね》が力強く頷《うなず》く。

「じゃあ復讐《ふくしゅう》自体は？」

「やらせてあげたいかな。甲斐《かい》くんは、峰《みね》さんのところに帰るべきだと思っているから」

「………………」

峰《みね》は何も言わなかった。

哲彦《てつひこ》が今も自分を想《おも》ってくれているか、自信がなかったのかもしれない。

「じゃあ哲彦《てつひこ》の計画に対し、部分介入するというか、哲彦《てつひこ》の復讐《ふくしゅう》は応援しつつ、退学届を取り下げさせるようにするってのが目的でいいですか？」

阿部《あべ》先輩は頷《うなず》いた。

「うん、そうだね。その目的を達成するため、丸《まる》くんも協力してくれないか？」

「そういうことなら……了解です。協力します」

「ありがとう、丸《まる》くん！」

阿部《あべ》先輩が顔を明るくするが、俺は冷静になるよう手で押しとどめた。

「ただ、俺が退学を阻止するのは、先輩たちとちょっと意味が違うんです。それでもいいですよね？」

「どういうことだい？」

「哲彦《てつひこ》が本当に望んで退学するなら、それはあいつの人生だし、別にいいと思うんですよね」

「……っ！」

峰《みね》が口を一文字にした。

哲彦《てつひこ》が高校からいなくなってしまったら、峰《みね》は哲彦《てつひこ》の傍《そば》にいられなくなる。そのため受け入れられない言葉だったのだろう。

「ただ――」

俺は心配ないぞと示すために笑った。

「哲彦《てつひこ》の退学届って、俺から見ると、哲彦が峰から逃げるために出したようにしか見えないんですよね」

すべてが明らかになったうえで、俺が哲彦《てつひこ》を理解するのに重要だと思ったキーワードは二つ。

瞬《しゅん》社長への復讐《ふくしゅう》と、峰《みね》の視線からの逃亡、だ。

俺からすると、瞬《しゅん》社長への復讐《ふくしゅう》は素直に応援してやりたい。

ただ峰《みね》から逃げてはいけない。だってこれは、おそらく哲彦《てつひこ》の幸福に直結しているからだ。

「……丸《まる》くんには甲斐《かい》くんを止めるアイデアがありそうだね？」

「ええ」

俺はゆっくりと口を開いた。

このアイデアは阿部《あべ》先輩や峰《みね》の話を聞く中で、自然と頭に浮かんできたものだ。

アイデアを聞き終えると、峰《みね》はぽかんとし、阿部《あべ》先輩が笑い出した。

「なるほど、戻ってくるというわけか」

「俺も決着をつけなきゃと思っていたんです。ちょうどいいでしょう？」

阿部《あべ》先輩は峰《みね》の反応を確認した。

峰《みね》が頷《うなず》く。

それを見て、阿部《あべ》先輩はさわやかなのに性格が悪そうに見える特有のスマイルを浮かべた。

「――いいね、それでいこう」

＊

俺は阿部《あべ》先輩と峰《みね》と別れ、家に戻った。

風呂《ふろ》に入って部屋に戻ると、疲労が襲い掛かってきた。

でも、不思議と眠くならない。

疲れすぎているためだろうかと思ったが、ベッドに横になって目をつぶっているうちに気がついた。

俺は今日、心を決めるヒントをもらったのだ。

哲彦《てつひこ》と峰《みね》。

二人は幼なじみで、しかも両想《りょうおも》いでありながらすれ違っている。

(俺も、だ)

二人ほど重い事情ではないが、いろいろとすれ違い、答えを出せずにいる。

それだけに峰《みね》の苦悩や哲彦《てつひこ》の葛藤の話は、人ごとに思えない部分があった。

(貴重な経験だったのかもしれない)

他人の恋愛事情だから客観的に聞けた。客観的に聞けたからスッと心に入ってきて、自分の恋愛事情と比較できた。

(俺は——)

頭の中を駆け巡る思い出。

黒羽《くろは》への想《おも》い——

白草《しろくさ》への想《おも》い——

真理愛《まりあ》への想《おも》い――

それらが駆け巡り、収束していく。

「ああ、そうか――」

俺は自分を哲彦《てつひこ》の位置に置いて、三人それぞれを峰《みね》の位置に置いてみた。

そして一番、俺が視線に耐えられなかった子――

「俺の心は、そうだったんだ」

その子こそが俺が好きな子なんだと、確信した。

第三章　群青同盟《ぐんじょう》のいちばん長い一日

＊

八月二十五日、早朝。

哲彦《てつひこ》は自宅のマンションのリビングで、いつものようにテレビのニュースを見ながら栄養補助ゼリーと野菜ジュースを摂取していた。

食卓のテーブルをともにする相手などいない。

母親は中学一年の夏にできた男とどこかへ消え、もう五年会っていなかった。

元々朝食を作る母親ではなかったが、一緒に食卓を囲むくらいのことはあったはずだ。

しかし哲彦《てつひこ》は食卓に母親の面影を思い出せずにいた。

母親で覚えているのは、ヒステリックな金切り声と、鬼のような形相だけだ。

母親との温かな思い出などない。父親とは食事をともにした記憶すらない。

食卓をともにするのはだいたい叔父であり、その叔父もジャズ喫茶及びバーをやっているので、月に数度といったところだ。母親方の祖父母と食事をすることもあるが、盆と正月程度。

だから哲彦《てつひこ》にとって食事とは、無味乾燥で、静寂なものだった。

だが今、少し寂しいと感じるのは、夏休みに入ってから始めた撮影のためだろうか。


『よし！　カット！　オッケーだ！』

『うわっ、ようやくオッケーが出た！』

『哲彦《てつひこ》、お前の要求が厳しすぎるんだよ！』

『いいもの作るにはこれくらい当たり前だろうが！　言っとくがな、末晴《すえはる》！　てめぇがビシッと決めないのがダメなんだぞ！』

『ちょっと待てよ！　俺の演技で止まってないだろ⁉』

『お前が撮影全体の空気を作ってるんだよ！　だから他のやつの演技の失敗は、お前の責任でもあるんだよ！』

『そりゃ空気作りは責任持つが、なんだその不条理な超理論⁉　それなら撮影中の失敗は全部俺のせいじゃねぇか！　まったくひでぇ監督だぜ……』

『まあまあ、丸《まる》先輩、哲《てつ》さん、せっかく今日の収録が終わったんだし、飯食いに行きましょ！　飯！』

『間島《まじま》くんに賛成〜っ！　あたしも演技でヘロヘロ〜っ。みんなに軽食でも作ってあげたいけど、さすがに無理〜っ』

『黒羽《くろは》さん、さりげなく恐ろしいこと言わないでくれませんか？』

『桃坂《ももさか》さんの言う通りね。弱っている間にトドメをさせないか一瞬よぎったほどだわ』

『白草《しろくさ》さん、必要とあれば言ってください。姉はアタシが仕留めますので』

『碧《みどり》～っ！　なんであんたが可知《かち》さん側についてるのよ～っ！』

『いやだって、白草《しろくさ》さんのほうが正論じゃん？』

『碧《みどり》ちゃん！　雑談していないで片付け手伝って欲しいっス～っ！』

『あっ、すみません、浅黄《あさぎ》先輩！　姉の暴走を止めなければと思って、つい！』

『碧《みどり》、あとで覚えてなさいよ……』

『皆さん、この人数で入れる、うまそうな定食屋をネットで見つけたんですが、どうですか？』

『おっ、気が利《き》くな、りっくん』

『ありしゃす！』

『あいかわらず陸《りく》のパシリ性能たけぇな……』

にぎやかすぎたのだ、今年の夏は。

まるで夢幻ではないかと疑いたくなるほど、毎日人が大勢やってきて、お祭り騒ぎで、ただただ全力で駆け抜けた。

ふと哲彦《てつひこ》は、自分が笑っていることに気がついた。

「はっ。なんだオレ、楽しかったのか……」

自分の頭には、復讐《ふくしゅう》のことしかないと思っていた。

だってようやく、だ。

物心ついたころから抱いていた、父親への憎悪《ぞうお》……復讐《ふくしゅう》の二文字……。

それがようやく叶《かな》うところまで来た。

だから恨みや憎しみにどっぷりつかっているつもりだったのに――

その過程をいつの間にか楽しんでいたらしい。

「まあ、いい」

哲彦《てつひこ》はゼリーの袋を握りつぶすと、すでに空になっていた野菜ジュースのパッケージと一緒にゴミ箱へ投げ捨てた。

自室に戻る。

洋服ダンスを開け、新品のスーツを手に取った。先日叔父と買いに出かけ、今日のために用意したブランドもののスーツだ。

ズボンに足を通し、シャツをまとい、ネクタイをしめる。

ネクタイも最初は結び方がわからなかったが、動画で学習し、ここ数日鏡とにらめっこしたかいがあって、一発で綺麗《きれい》な結び目に仕上がった。

靴下を履き、髪形を整え、鏡で全身を確認する。

さすがに威厳がなく、スーツが似合っているとは言いづらい。成人式でスーツを着ている若者のような、スーツに着られている感がある。

「ま、別に構わないか」

大切なのは礼儀正しい格好をしていることだ。そのうちこの姿も見慣れるだろう。

「さて、と。あとは……」

哲彦《てつひこ》はスタンドミラーの前から離れ、室内を見渡した。

本棚にベッド、ゲーム機、テレビ……作業用ＰＣデスク。

ここ一か月、哲彦《てつひこ》が室内で一番いたのは、作業用ＰＣデスクの前だった。

音楽の発注に調整、動画の編集、コレクトとのやり取り。

勉強をほっぽり出しても時間が足りないくらいやることはあった。

クオリティを高くしようと考えると、もっと時間が欲しかったくらいだ。

でも先日コレクトに提出し、今、修正したいと思っているところはあるのだが、どうにもできない状態にある。

そう、すべての準備は終わったのだ。

今日の持ち物も、昨日のうちにスーツと一緒に買ったトートバッグに入れてある。

だが念のための確認は必要だと、バッグの中身を確認し、顔を上げたとき――あるものが哲《てつ》彦《ひこ》の目に入った。

作業用PCデスクの脇に置かれた写真立て。

哲彦《てつひこ》は歩み寄り、写真立てを手に取った。

「……メイ」

写真は中学入学式のとき、叔父の清彦《きよひこ》が撮影してくれたものだ。

哲彦《てつひこ》が芽衣子《めいこ》と二人だけで写っている最後の写真だった。

写真にたたずむ二人は、明らかに幼い。五年も前のものだから当然だ。

哲彦《てつひこ》の身長は今より二十センチ低い。芽衣子《めいこ》も子熊のマスコットのようだ。


――この写真を、何度破ろうと思ったことか。


たかが一枚の写真。だが呪物のように様々な気持ちがしみ込んでいる。

「ははっ」

哲彦《てつひこ》は無意識的に笑ってしまった。

口の中に、苦い味が広がる。

そうして脳裏を駆け巡ったのは、歪《ゆが》んだ青春の日々だった。

＊

芽衣子《めいこ》に振られた後、哲彦《てつひこ》はすぐに芽衣子《めいこ》の説得を試みた。

芽衣子《めいこ》は復讐《ふくしゅう》の足手まといになるから告白を受けないだけだ、と哲彦《てつひこ》は確信していたため、話せば恋人になれると思っていた。

しかし芽衣子《めいこ》は話を聞かなかった。顔を合わせれば逃げた。

無理やり追いかけて、話をしなければ家に帰さないと詰め寄ったこともあった。

しかし芽衣子《めいこ》は、

『わたしは話すことなんてありません』

と言うだけだった。

芽衣子《めいこ》は頑固だった。そして哲彦《てつひこ》は幼なじみであっただけに、芽衣子《めいこ》の頑固さを誰よりも知っていた。

表面上丁寧で優しいくせに、これと決めたらテコでも動かないのだ。

哲彦《てつひこ》は絶望した。

絶望し、芽衣子《めいこ》を憎んだ。

——女なんてこの世にいくらでもいる。
——オレが本気を出せば可愛《かわい》い子だって落とすことは簡単だ。
——そうだ、オレがメイしかいないと思い込んでいただけだろう。
——もっといい女と楽しめばいいじゃないか。

そう考え、ゲーム感覚で女に声をかけた。
どうやれば相手の気が引けるか、どういう言葉をかければ喜ぶか。
そういうのを考えるのは得意だった。
その結果、彼女がたくさんできた。
女の子と付き合うことなど、簡単だった。
哲彦《てつひこ》はもう終わったことだとして、芽衣子《めいこ》との写真を破り捨てようとした。
でも——

——できなかった。
何度も破ろうとしたことはあった。
そのたびになぜか手は止まり、結局引き出しの奥底に戻した。

中学三年生になるころ、すでに女遊びに飽きていた。

でもやめられなかった。

芽衣子《めいこ》の視線があったためだ。

――またメイのやつ、オレを見てやがる。

芽衣子《めいこ》からねばついた視線が飛んできたことは数えきれない。

哲彦《てつひこ》によぎる感情は、複雑だった。

『ざまあみろ、オレを振ったことを後悔してるのか――』

という優越感があった。

同時に、

『なんでそんな視線を向けるくせに、オレを振ったんだよ――』

という気持ちもあった。

相反する感情が渦巻き、やり場のない怒りや悲しみがあふれ、哲彦《てつひこ》は意味もない女遊びを続けた。

やがて芽衣子《めいこ》の視線に耐えられなくなり、哲彦《てつひこ》は高校をエスカレーターで上がるのではなく、芽衣子《めいこ》のいないところに行こうと考えるようになった。

その際、注目したのが丸末晴《まるすえはる》だった。

――こいつと仲良くなって、オレが復活させれば……。

哲彦《てつひこ》は気がついた。

不可能だと思っていたアイデアの数々が、『丸末晴《まるすえはる》の復活』というピースが入るだけで、一気に実現可能となることに。

哲彦《てつひこ》は自身が器用である自覚はあったが、器用貧乏でもあるように感じていた。

少なくとも末晴《すえはる》のように、演技やダンスなど、人を魅了する突き抜けた才能はない。

末晴《すえはる》の子役時代の映像を繰り返し見て、こいつなら看板にできると哲彦《てつひこ》は思った。

自分にはない、人が集まってくる力がある。表をこいつに任せ、裏に自分が回れば、とてつもないことができるのではないか――そんな想像ができた。

＊

「やっと、この日が来たか」

哲彦《てつひこ》は写真立てから写真を抜き取った。

随分遠回りをした気がする。

最短ルートを駆け抜けるつもりだったのに、末晴《すえはる》を立ち直らせるのに一年以上かかってしまい、群青同盟《ぐんじょう》を作ってからも一年近くかかった。

叔父の清彦《きよひこ》なら『十分早すぎるほどだ』というかもしれない。

しかし哲彦《てつひこ》にとっては長すぎた。

だって。

——好きな女が目の前にいるのに、オレは何もできない。

そんな無力感にさいなまれる日々だったからだ。

女遊びをすればするほど、哲彦《てつひこ》は感じていた。

——この女は、ただオレの外面に興味があるだけだ。

ゲームとして楽しくても、心は満たされない。

どれほど美しい容姿をしていても、運命を感じない。一緒にいても幸福感を覚えない。

彼女たちは自分の苦しみなんて知らない。

寄り添ってもくれない。

励ましてもくれない。

この世でそんなことをしてくれた異性はただ一人だけだ。

「メイ……」

哲彦《てつひこ》はスーツのポケットに写真を入れた。

――オレの心を救ってくれたのは……メイ、お前だった。

両親への憎しみを制御できず、周囲に当たり散らしていた小学校時代。

孤立してもずっと傍《そば》にいて、包み込んでくれたのは芽衣子《めいこ》だけだ。

「メイのバカが……」

太っていることがコンプレックス？

それに何の意味が？　個性の一つに過ぎないだろ？

モテない？　釣り合わない？　頭が良くない？　運動が得意じゃない？　だから傍《そば》にいられない？

「どうでもいいことだろ、そんなこと……」

ただ傍《そば》にいて、ほほ笑んでくれていることに、どれほど励まされていたと思っているんだ。

お前には誰より優しい心がある。

それ以上のものなんてないに決まっているだろ。

「メイ……オレに力を貸してくれ……」

スーツの上から写真をなで、哲彦《てつひこ》はトートバッグを持ち上げた。

そのとき、ピンポーンとチャイムが鳴った。

玄関に向かい、ドアスコープ越しに目を近づける。

そこには見慣れた少女が立っていた。

哲彦《てつひこ》はチェーンを外してドアを開けた。

「よく来たな」

「おはよっス、テツ先輩。スーツ、似合ってないっスね。ぶっちゃけホストっぽいっスよ？」

「お前に言われたくねぇよ」

玲菜《れな》も今日はスーツ姿だ。

幼い外見のため、成人式の少女というより、コスプレイヤーに見えた。

「叔父さん、もうすぐ来るはずだ。それまで茶くらい出してやるよ」

「じゃっ、お邪魔しますっスー」

男の一人暮らしの部屋に上がるというのに、玲菜《れな》はまったく遠慮も羞恥もない。

（直接言ったことはないが、とっくにオレらが異母兄妹《きょうだい》って気がついてるんだろうな……）

それでいい。玲菜《れな》が兄妹《きょうだい》としての関係より、先輩と後輩の関係を気に入っているのなら、それが一番だから。

玲菜《れな》をソファーに座らせ、冷蔵庫から麦茶の入ったボトルを取り出す。

コップを二つ持ち、ソファー前のテーブルに置くと、麦茶を注いでやった。

「ごくっ……ごくっ……ぷはぁ！」

玲菜《れな》は一気に飲み干した。

外は快晴だ。まだ午前九時だが、気温は三十度を超えている。

近所に住んでいるが、それでも喉をからすのに十分な暑さだったに違いない。

「勝手にもらうっスね」

「ああ、好きにしろ」

一杯では足りなかったらしい。

玲菜《れな》は麦茶を自分でボトルからコップに注ぎ、半分くらい飲んだところでグラスを置いた。

「いやでも、まあ、ついに今日っスね」

「……そうだな」

「テツ先輩と会って四年……テツ先輩が面白そうなことができそうだから、穂積野《ほづみの》高校を受験するって言い出して三年……。丸《まる》パイセンを立ち直らせて、群青同盟《ぐんじょう》を作って一年……。なんだか、遠いところまで来たなって感じがするっス」

「群青同盟《ぐんじょう》を作ってからが、なんだか早い気がするな」

「そっスね……。あっしとしては、テツ先輩が穂積野《ほづみの》高校へ行くって言い出してからが早い感じがするっス」

「どうしてだ？」

「いやだって、それまでのテツ先輩、ひどいもんでしたよ？」

「何がだよ」

「雰囲気というか、全部が。まあ、高校に入っても女遊びはひどかったっスけど」

「異論はあるが、オレの感じがよくなると、どうしてお前の時間が早く進むんだ？」

「テツ先輩が生き生きしていると、あっしも何となく楽しいんで」

「……はぁ？」

哲彦《てつひこ》は顔を歪《ゆが》めた。

「中三のときに丸《まる》パイセンのことを知って、復讐《ふくしゅう》の道筋が見えたんスよね。死んでいた目が輝き始めたの、あっしは見ていたっスよ」

「これだから付き合いが長いやつは面倒くさいんだよ」

「面倒くさくても、嫌ではないんスよね？」

哲彦《てつひこ》はその問いに答えなかった。

口にすると、なんだか恥ずかしい気がしたからだ。

哲彦《てつひこ》は麦茶を一口飲み、テレビを眺めた。

＊

哲彦《てつひこ》が異母兄妹《きょうだい》である玲菜《れな》の存在を知ったのは、中学二年生に上がるときのことだった。

「哲彦《てつひこ》、今度お前の中学に入学する浅黄玲菜《あさぎれな》ちゃんって子な、お前の異母妹だから」

「……は？」

叔父の清彦《きよひこ》とファミレスで夕飯を食べていたとき、突然そんなことを言われたのだ。

「えっ？　はっ？　マジで言ってんの、叔父さん」

「大真面目だ。ちょっと複雑な事情があってな、玲菜《れな》ちゃんの後見人に近いことを俺がすることになった」

「複雑な事情～？　叔父さん、とにかく最初から説明してくんない？」

清彦《きよひこ》から話される事情を、哲彦《てつひこ》はドリアを食べながら聞いていた。

……

…………

…………

玲菜《れな》はハーディ・瞬《しゅん》の浮気《うわき》相手、浅黄美奈《あさぎみな》が生んだ娘だという。

ただ玲菜《れな》の存在は、清彦《きよひこ》も最近まで知らなかった。美奈《みな》は妊娠したことを告げず失踪し、それ以来どこへいったか関係者のほとんど誰も知らなかったためだ。

唯一知っていたのは哲彦《てつひこ》と玲菜《れな》の祖母にあたる、ニーナ・ハーディだけだった。ニーナは息子のしでかした浮気《うわき》事件の真相を確認するため、必死になって美奈《みな》を捜したという。

芸能事務所の社長ということもあって、ニーナにはお金があり、人脈も広かった。その力をフル活用して美奈《みな》を見つけたニーナは、彼女のお腹《なか》が大きいことを知る。そしてそのお腹《なか》の子が、自分の孫であることも。

ニーナは美奈《みな》に援助を申し出た。

しかし美奈《みな》はこう言った。

『私はあの人が結婚していると知らず、本気で恋をしました。しかし知らなかったとしても、浮気《うわき》の加害者であることに変わりはありません。そのため援助は奥様に申し訳なくて受け取れません』

美奈《みな》は自分が懸命に働いて稼ぎ、子どもを立派に育てると告げた。また自分の居場所を決してハーディ・瞬《しゅん》に言わないようニーナに頼んだ。

『……そうかい。わかったよ』

ニーナは美奈《みな》の気持ちを尊重し、美奈《みな》を捜そうとするハーディ・瞬《しゅん》から情報を隠し、密《ひそ》かに見守ることにしたという。

美奈《みな》は玲菜《れな》を生み、良き母であったが、身体《からだ》は強くなかった。加えて彼女は孤独な生まれであり、玲菜《れな》を託すだけの実家がなかった。

このため美奈《みな》は自分の死に際して、玲菜《れな》にニーナを頼るよう言い残した。

『あの……浅黄《あさぎ》玲菜《れな》といいます……』

ランドセルを背負って事務所に来た玲菜《れな》は、随分怯《おび》えていたそうだ。

『……よく来たね。安心しな。アタシがいる限り、何も心配することはないよ』

こうしてニーナは玲菜《れな》を保護した。

ニーナは玲菜《れな》の援助にためらいはなかったが、息子のハーディ・瞬《しゅん》に玲菜《れな》の存在を知られることを恐れた。浮気《うわき》をしたときと同様、どんな行動をするかわからなかったためだ。

だから、遠回しの支援をすることにした。

『清彦《きよひこ》さん、ちょっと内密で話があるんだけど、聞いてくれるかい？』

ニーナが協力者として選んだのは甲斐《かい》清彦《きよひこ》だ。このとき、清彦《きよひこ》は哲彦《てつひこ》に異母兄妹《きょうだい》がいることを初めて知った。

ニーナは孫である哲彦《てつひこ》と会うとき、清彦《きよひこ》を通していた。哲彦《てつひこ》の母がニーナを毛嫌いしていたためだ。だから以前から接点があり、話がわかる人間だと互いに認識していた。

こうしてニーナが金を出し、清彦《きよひこ》が後見人として玲菜《れな》を何かと助けることになったのだった。

…………

…………

……

哲彦《てつひこ》はドリアを横にどけると、頬杖《ほおづえ》をついた。

「叔父さんさぁ、もういい年だろ？　最近サックスでの仕事が減ってきたって言ってたけど、そんなやつの面倒まで見て大丈夫なのかよ？」

清彦《きよひこ》はにやりと笑い、あごひげをなでた。

「俺は少し前から、ジャズ喫茶&バーをやろうって計画を立てていてな」

「おいっ、叔父さん、まさか……」

「はっはっは、開業資金を援助してもらっちゃ、受けるしかないだろ？」

「叔父さん……」

叔父の緩くて少しアウトローな部分を好んでいる哲彦《てつひこ》だったが、金で動いたことにはさすがにジト目で見ざるを得なかった。

「はぁ、まあ、理由はわかった。で、そのオレの妹とやらが、なんで同じ中学に？」

「玲菜《れな》ちゃんは近所に住んでいて、学校が近い。しかも玲菜《れな》ちゃんは抜群に頭がいい。ニーナさんは玲菜《れな》ちゃんに最高の教育を受けさせて欲しいと俺に頼んだ。このあたりで学力が一番高い学校はお前のとこだろ？」

「……まあ」

「だから受験させて、玲菜《れな》ちゃんは合格した。何がおかしい？」

「……そいつは、オレが異母兄って知ってるのか？」

「いや。まだ小さいし、言ってない。時期を見て話そうとは思っているが」

「……学校で様子見ておくから、言わないでくれよ」

「なんでだ？」

首を傾《かし》げる清彦《きよひこ》に、哲彦《てつひこ》は自嘲ぎみに言った。

「――オレは誰かの兄貴なんてガラじゃない」

＊

そんなやり取りを叔父としたときから四年が経《た》った。

玲菜《れな》とは先輩後輩の間柄として付き合い、今も続いている。

「玲菜《れな》、お前さ……」

「ん？　なんスか？」

「……いや、何でもない」

哲彦《てつひこ》は麦茶の入ったグラスを軽く回した。

（今思うと、もしかしたらオレは、異母妹がいるって知って結構嬉《うれ》しかったのかもな……）

中学二年生に上がってすぐ、玲菜《れな》を見に行った。

中学一年のクラスは、当初真っ二つに分かれていた。

小学校からの持ち上がり組と、受験組だ。

持ち上がり組は小学校からの友達がいるので、初日から盛り上がっている。逆に受験組は知り合いがいないことから、孤立しやすい。案の定、玲菜《れな》は誰とも話せず、一人で机に座ってうつむいていた。

哲彦《てつひこ》はその姿を見て、無性に声をかけたくなった。

当初はとりあえず見るだけのつもりだったのに、助けてやりたくてたまらなかった。

だから知り合いの後輩を口説くという体裁で近くまで行き、声をかけた。


『――おい、お前。しけた面《つら》してんなぁ。名前、なんて言うんだ？』


そうだ。こんな一言から関係は始まったのだ。

ひどいセリフだと思うが、これでも話しかける理由を考えるのに必死だった。

「テツ先輩、どうしたんスか？　なんかさっきから、遠い目してるっスが」

「……まあ、なんつーか、いろいろ思い出してきてな」

「例えば？」

「……どうでもいいだろ」

「えー、興味あったのに。つれないっスなぁ～」

初めて話したとき、身体《からだ》を縮こまらせていた異母妹は、今や平気で悪態をつくようになっている。

兄貴なんてガラじゃないと思う気持ちは変わらないが、気分は悪くなかった。

「あっしも思い出しましたよ。テツ先輩が、別の高校受けるって言い出したときのこと」

「過去のことはいいんだよ」

哲彦《てつひこ》は流そうとしたが、玲菜《れな》は無視をした。

「テツ先輩が受かったら、あっしも受けていいっスかって言ったら、こう言ったんスよね。『好きにしろ。面白いことになれば声をかけてやるから、そのときは手伝えよ』……って」

「…………」

「今考えると、あのとき言ってた『面白いこと』って、丸《まる》パイセンの復活と、それに伴う群《ぐん》青《じょう》同盟の結成だったんスね」

「まあな。ただ、末晴《すえはる》があんなにおもしれー告白するのは、完全に想定外だったが」

末晴《すえはる》はいつも想像を超えてきた。告白祭がとんでもないことになり、動画が軽々と百万再生を超えたのもそうだ。スターとなる天運を持っているやつは、こういうものなのかと考えたこともある。……まあ、スターと言うには、ちょっと間抜けすぎるが。

「丸《まる》パイセンはどうしようもない人っスからなぁ〜。だけど……いや、だからこそ、群青同《ぐんじょう》盟の顔はあの人なんスね」

「……あいつは、すげーやつだよ」

哲彦《てつひこ》は他人を素直に褒める性格ではない。

それを誰より知るだけに玲菜《れな》は思わず息を呑《の》んだ。

朝のバラエティが流れる中、哲彦《てつひこ》は続けた。

「群青《ぐんじょう》同盟がここまでの人気になったのも、今日復讐《ふくしゅう》ができるのも、ほとんどあいつのおかげだ。メンバーのほとんどが、あいつがいるから入ってきたわけだしな。オレが得意なのは、人の嫌がる部分を見つけてマウントを取るような、ケチなものばっかだが、あいつの才能は人を楽しませることに特化してる。あいつと組めば、オレは誰にだって勝てる……そんな無敵感を覚えることが、何度もあった」

「テツ先輩……」

「それもまあ、今日で一つの区切りだ。できれば、今後もあいつと組みたいと思ってるが――」

そこで哲彦《てつひこ》は言葉を止めた。

未来はわからない。だからこれ以上、言う必要はなかった。

「……あっしはついていくので」

玲菜《れな》は上目遣いで哲彦《てつひこ》を見つめた。

「あっしは、どこまでもテツ先輩についていくっス」

「……そうか」

インターフォンが鳴る。

きっと叔父が来たのだ。

哲彦《てつひこ》は長い一日が始まるのを予感しながら、ソファーから立ち上がった。

＊

新宿コレクトホールは、株式会社コレクトの本社が入ったビルの三階に設置されているスペースだ。

収容人数は三百人。コレクトが後援している映画の先行上映や舞台挨拶の会場として使われることが多く、時には演劇の会場にもなっている。

今日、この会場でコレクト主催のショートムービーフェスティバルが行われることになっていた。

オープニングムービーは俺たちが夏休みを捧《ささ》げて作り上げた『隻腕のオイディプス』。会場で上演された後すぐにネットでも公開されるのだが、俺たち群青《ぐんじょう》同盟のメンバーは会場で見届けるため、ビルの入り口に集まっていた。

「はぇ～、おしゃれなビルだな～」

ビルの入り口で、碧《みどり》が手をかざして見上げる。

ビルは三十二階建てなので、最上階を見上げるだけで一苦労だ。

陸《りく》がぶるっと震えた。

「丸《まる》先輩、こういうところって、なんか鳥肌立たないっすか？　オシャレすぎて居心地悪いっつーか」

「そりゃお前はそうだろうな……」

髑髏《どくろ》マークが入ったTシャツを着る陸《りく》とこのビルの相性はそりゃ悪いだろう。

黒羽《くろは》は入り口横にある看板を眺めた。

「一階と二階は飲食街かぁ。こういうビルのお店って行かないからわからないんだけど、なんだか高そう……」

真理愛《まりあ》が横に並んで答える。

「ビルによりますよ。ビルで働いているサラリーマンが食べに来るパターンも多いので、ほどほどな場合も……と思ったら結構専門店ばかりですね」

「でしょ？」

「コレクト、儲《もう》けてますね、これ」

ギラリと真理愛《まりあ》の目が光る。

幼少期、貧しい生活を経験してきた真理愛《まりあ》なだけに、見逃せない情報だったに違いない。

ふと、俺の袖を白草《しろくさ》が引っ張った。

「スーちゃん、そろそろ集合時間なんだけど、甲斐《かい》くんと浅黄《あさぎ》さんが来てないわ」

「ん～？」

俺は念のため、ぐるりと周囲を見渡した。

この場にいるのは俺、黒羽《くろは》、白草《しろくさ》、真理愛《まりあ》、碧《みどり》、陸《りく》の六人。ショートムービーフェスティバルの招待券は主催者から八枚もらっている。残り二枚は哲彦《てつひこ》と玲菜《れな》のものだ。

今回のムービー制作には多くの人がかかわっている。

蒼依《あおい》、朱音《あかね》、橙花《とうか》、マリンなどなど……本来その全員と一緒に観《み》たかったところだが、さすがに席数には制限があり、あくまで『群青同盟《ぐんじょうどうめい》』として招待を受けたため、八枚となったのだ。

なのに二人来ない。

しかも哲彦《てつひこ》は群青同盟《ぐんじょうどうめい》のリーダーだ。

大問題ではあったが――

「たぶん来ないと思ってたし、行くか」

「スーちゃん⁉」

黒羽《くろは》が俺の前に回り込んできて、したり顔で言った。

「ハル……その顔、なんか知ってるでしょ？」

「何のことだ？」

「とぼけないで。どれだけ長い付き合いだと思ってるの？」

黒羽《くろは》にそう言われては、ぐうの音も出ない。

「哲彦《てつひこ》くん絡《がら》みってことは、あたしたちにも無関係じゃないと思うんだけど」

「いや、相談されたのは俺だけだったし」

「もーっ」

黒羽《くろは》の口癖が出る。

しょうがないなぁというニュアンスがありながらも、決して否定的ではない、俺を許す前振りだ。

「それってさ、ハルが哲彦《てつひこ》くんと一番の友達だから相談されたんでしょ？」

「……まあ、そういう意味で取っていいと思う」

「で、ここにいるメンツは？」

「ん……それってどういう意味で……」

黒羽《くろは》は俺の胸に人差し指を当てた。

「ここにいるのは、哲彦《てつひこ》くんが作った『群青同盟《ぐんじょう》』のメンバーでしょ？」

「……」

「それぞれ哲彦《てつひこ》くんへの想《おも》いはあると思うけど、哲彦《てつひこ》くんに散々振り回されて、それでも付き合ってきたんだよ？　そういうのって仲間っていうんじゃない？　なのにハルだけで行くのって、水臭くないかな？」

白草《しろくさ》がため息をついた。

「志田《しだ》さんの言う通りね。あの最低男なんてどうでもいいけど、私も自然と復讐《ふくしゅう》に付き合わされた立場だし……結末は見たいわ」

「モモも同感です。末晴《すえはる》お兄ちゃんの口ぶりからして、哲彦《てつひこ》さんの別の仕込みをつかんでいるようですが、教えてもらえませんか？」

「ケチケチすんなよ、スエハル！　アタシたちの立場に立って考えろよ！　これで置いてかれたら、オチを隠されてるみたいだろうが！」

「めちゃめちゃ盛り上がりそうじゃないっすか！　おれはどこでもついていきますぜ！」

俺は頬を掻《か》いた。

「置いていくっていうより、巻き込みたくないって気持ちだったんだが……悪い」

「わかったならよろしい」

黒羽《くろは》はむふーと言わんばかりに満足げな表情をし、腰に両手を当てて胸を張った。

低身長で童顔なので、客観的に見ると、年下の子が大人ぶって姉ムーブしているように見えるのだろう。周囲を歩く大人から、クスクス笑っている声が聞こえた。

怒りは湧かなかった。だって、あの人たちは黒羽《くろは》を知らないだけなのだ。

見た目に騙《だま》されることなかれ。

黒羽《くろは》はどれだけ幼く見えても、俺より精神的にずっと成熟している。実際、俺は黒羽《くろは》の世話になりっぱなしだ。

笑われたことに黒羽《くろは》はやや心外そうだったが、自分のことが客観視できるし、心が狭くない。だからやれやれとばかりに小さく肩をすくめ、話を本筋に戻した。

「で、今日、どうする予定なの？」

俺は腕時計を見た。

すでに集合時間は過ぎ、ムービーフェスティバルが開催される時間が迫ってきている。

「俺はここでムービーを観《み》終わった後、すぐに渋谷へ行くことになってる。ついてきたいなら、詳細は渋谷への移動中に話す」

「渋谷？　渋谷のどこへ？」

俺は尋ねて来た白草《しろくさ》に告げた。

「――ハーディプロの、株主総会会場だ」

＊

ホールの入りは九割ほど。会場はパンフレット片手に雑談を交わし合う人たちでにぎやかだ。

俺たち群青《ぐんじょう》同盟のメンバーは『予約席』として確保されていた前から五番目の列の席にずらりと並んで座った。

俺の手にはパンフレットがあった。招待券を渡すときにもらったもので、今日のショートムービーの軽い紹介がされている。

演劇のときもそうだが、俺は開演前にパンフレットを眺めるのが好きだ。

少しでも誰かの記憶に残ろうと個性を出してくる場合もあれば、あらすじが洗練されていてそれだけで心惹《ひ》かれるものもある。

これは一種の儀式のようにも感じていた。

パンフレットを読んでいるうちに時間が経《た》ち、お目当ての舞台が近づいてくる。つまりパンフレットを読むことは、本番が始まるまでのワクワク感を増幅させる効果があるわけだ。

（さて――）

俺たちはどう書いてあるだろうか。

こういう関係のものはすべて哲彦《てつひこ》に任せているから、書いてある内容は知らない。

そのため新鮮な気持ちで俺はパンフレットを開いた。

オープニングムービーということで、表紙を開いてすぐ俺たちのムービーの紹介がされている。

そこには――

『最後をお楽しみに』

と書かれていた。

「…………ん？」

俺たちが作った『隻腕のオイディプス』は、ある意味わかりやすい復讐《ふくしゅう》物語だ。最後に主人公が罪の意識を覚え、死ぬ展開も別に珍しいものじゃない。

哲彦《てつひこ》の狙いや作戦は阿部《あべ》先輩から聞いているつもりだったが、俺の知らない何かがまだ潜んでいるのだろうか。


――ブーッ。


ベルが会場に鳴り響く。

さあ、お祭りの始まりの合図だ。

スクリーン横にある演台に司会者が立った。

「ご来場の皆様、本日はコレクト主催、ショートムービーフェスティバルにお越しいただき誠にありがとうございます」

落ち着いた口調に、あちこちで行われていた雑談はすぐさま静まっていく。

この空気が変わっていく感じも俺は好きだ。日常から非日常へ入っていく感じがするから。

役者としてのサガで、今、舞台袖にいないのが残念に感じた。

今回は映画だから舞台袖にいないのは当然なのだが、演劇や撮影ではこの後、自分の番がくる。多くの人の目が、自分に集まる。

そのときの興奮をつい思い出してしまい――俺は思わずウズウズしてしまっていた。

そんなことを考えている間にも司会は進行している。

オープニングムービーである俺たちの映像の簡単な説明の後、司会が手を向けて来た。

「なんと今日の会場には、群青同盟《ぐんじょうどうめい》の皆さんが来ていらっしゃいます！」

これは打ち合わせ通りだ。

哲彦《てつひこ》のところには当初、舞台挨拶の依頼が来ていたという。

だが哲彦《てつひこ》から、

『めんどくせーから、席から立っての軽い挨拶だけでいいか？』

と言われ、俺はやや違和感を覚えつつ、承諾した事情がある。

哲彦《てつひこ》は目立ちたがり屋だから、舞台挨拶なんて大好物のはずだ。また群青《ぐんじょう》同盟の今後の存続を考えても、より注目を浴びる依頼なだけに、断る必要なんてない。

だが俺は知っている。今日、哲彦《てつひこ》には『本命の舞台』がある。

哲彦《てつひこ》は自分がこの場にいないことを予定していたからこそ、軽い挨拶だけにしたのだろう。

俺たちは立ち上がると、反転して観客席に向かって頭を下げた。

「おおっ！」

すると会場が沸き上がった。

「キャーッ！　丸《まる》ちゃーん！」

「真理愛《まりあ》ちゃん！　俺は君の公開告白に、敬意を表する！」

「動画が最近なくて寂しいぞーっ！」

「可知《かち》さんキレイーっ！」

「志田《しだ》ちゃんの演技楽しみだーっ！」

会場のあちこちから歓声が上がった。

俺たちは映画制作集団というよりWeTuberなので、ファンに若い人が多い。それだけに拍手という落ち着いたものではなく、歓声という形になって表れていた。

司会者はタイミングを見計らって言った。

「大人気ですね、群青《ぐんじょう》同盟。元々子役として有名な丸《まる》ちゃんと真理愛《まりあ》ちゃんがメインを張り、小説家としての実績がある可知白草《かちしろくさ》さんが執筆しているだけに、ショートムービーの内容にも期待が持てそうです。群青同盟《ぐんじょう》の皆さん、挨拶ありがとうございました」

司会がうまくまとめてくれたおかげで、俺たちは笑顔で手を振り続ける苦労から解放された。

さて、これで映画前の儀式はすべて終わり。

これからは大きなスクリーンで繰り広げられるドラマを楽しむだけだ。


ドッ、ドッ、ドッ、ドッ、ドッ……。


舞台のときとは違う緊張感が湧き上がってきた。

同時に、奇妙な寂しさがある。

俺はここ一年、哲彦《てつひこ》に無理やり巻き込まれる形で群青《ぐんじょう》同盟として活動してきた。

それはとんでもなくバタバタしたもので、何となく過ぎていた中学生活や高校二年の夏までの生活とまったく違っていた。

この一年はあっという間だった。

たぶん俺は、死ぬまでこの一年を忘れないと思う。

爺《じい》さんになったとき、こんな青春が自分にはあったんだぞ、と自慢げに孫に語るような、そんなまぶしい青春の一年だ。

だからこそ、寂しい。

このショートムービーが完成したことで、群青同盟《ぐんじょう》は一区切りがつく。

それを考えると、胸に寂寥《せきりょう》感が漂うのだ。

今後、芸能界を目指す俺は、もっとまぶしい生活があるかもしれないし、すぐに落ちぶれるかもしれない。

どちらにせよ、俺の胸に残り続けるだろう。

——大切な思い出として。

ホールにブザーが鳴り響く。

ショートムービーの始まりだ。

照明が段々と暗くなっていく。

そして俺は、スクリーンに映し出される俺と仲間たちの姿に、目を奪われていった。

＊

ハーディプロの株主総会は、例年渋谷駅近くの貸しホールにて行われている。

事務所の職員は朝早くから来て会場設営に精を出し、椅子並べから受付作業、資料配付に来場者案内まで、それぞれの役割を持って働いていた。

正面の壇上には巨大なスクリーンが下ろされている。スクリーンを使って業績報告をするためだ。そして業績報告の役目を担《にな》うのが、代表取締役社長《だいひょうとりしまりやくしゃちょう》であるハーディ・瞬《しゅん》だった。

株主が次々と会場に押し寄せる中、ハーディ・瞬《しゅん》は控え室で一人、説明資料の確認をしていた。

そのとき、若い男性職員がノックして入ってきた。

「何だ？」

「あの、社長……甲斐清彦《かいきよひこ》氏が会場におります」

「一人か？」

「いえ、三人です」

ハーディ・瞬《しゅん》はこめかみをピクリと動かした。

「一人は言わなくてもわかる。哲彦《てつひこ》だな」

「はい」

「もう一人は？」

「高校生ぐらいの少女です」

「マルちゃんではないのか……。じゃあ桃坂《ももさか》ちゃんか？」

「いえ」

「他の群青《ぐんじょう》同盟メンバーでもないのか？」

「群青《ぐんじょう》チャンネルに出ている女の子じゃないです」

ハーディ・瞬《しゅん》は顎に手を当てた。

甲斐《かい》清彦《きよひこ》が暗躍している情報は入ってきていた。そして、そこに哲彦《てつひこ》が絡《から》んでいることも聞いていた。

しかし少女の情報は入っていない。

もし株主総会をかき回してくるなら、知名度があり、元ハーディプロの末晴《すえはる》か真理愛《まりあ》のどちらかが効果的だ。

無論、多少騒ぎ立てても株主を納得させるだけの自信がハーディ・瞬《しゅん》にはあったが、謎の少女を連れて来たというのは気味が悪かった。

「……まあいい」

ハーディ・瞬《しゅん》は出て行けとばかり、二度手を振った。

若い男性社員が頭を下げて控え室を後にする。

ハーディ・瞬《しゅん》はいったん謎の少女は思考から外し、残り二人のことを思い浮かべた。

「甲斐《かい》清彦《きよひこ》と哲彦《てつひこ》か……」

この世でもっともムカつく人間を五人挙げるとしたら、間違いなく挙げる二人だった。

ハーディ・瞬《しゅん》にとって、清彦《きよひこ》は元妻の弟にあたる。

ムカつくのは、かつて元妻の代理人としてよく出しゃばってきたことだ。

「売れないサックス奏者のくせして……」

浮気《うわき》をした自分に非があるのは間違いないが、直接の関係者でもない清彦《きよひこ》が慰謝料の話し合いの際、偉そうににらんできたときは殴ってやろうかと思ったくらいだった。

また哲彦《てつひこ》も、清彦《きよひこ》と同じくらい気にいらない。

「あのクソガキがいなければ、美奈《みな》は……」

美奈《みな》が突如別れを告げて失踪したのは、元妻のお腹《なか》に哲彦《てつひこ》がいたからだ——

そうハーディ・瞬《しゅん》は考えていた。

美奈《みな》に別れを告げられたとき、必死に愛していることを告げた。

——妻とは政略結婚で、愛などない！

——もし君と先に会っていれば、間違いなく君を選んでいた！

——離婚もすぐにする！

——君は自分にとって初めて愛情を覚えた人間なんだ！

そんな、なりふり構わない説得をした。あんなに心をさらけ出し、恥知らずなまでにすがったことなど今までの人生でなかった。

しかし美奈《みな》は——

『奥さんのお腹《なか》に、子どもがいるじゃないですか』

と告げて去っていった。

つまり、哲彦《てつひこ》は存在してはいけなかったのだ。

いなければ人生で唯一の恋は成就《じょうじゅ》していたに違いない。

そうだったら現在、寂しい部屋に帰る必要などなかったはずだ。

家に帰れば愛する人が待ち、きっと美奈《みな》との間に可愛《かわい》い子ができ、幸せな時間が待っていただろう。

「それなら、ハーディプロを乗っ取る必要などなかったのに……」

ハーディ・瞬《しゅん》は額に手の甲を当てた。

元々修業のために働いていたアポロンプロダクションと手を組み、母親のニーナ・ハーディを追い出してハーディプロを乗っ取ったのは、美奈《みな》絡《がら》みで母親のニーナを恨んでのことだ。

ニーナは浮気《うわき》を糾弾し、ハーディ・瞬《しゅん》と半ば縁が切れた関係になった。

そのこと自体にハーディ・瞬《しゅん》は異論がなかった。元妻とは母親の勧めで結婚したのだから、メンツが潰されたのだろうこともわかる。

ただどうしても許せないのは、美奈《みな》の居場所を隠蔽したからだった。

ハーディ・瞬《しゅん》は美奈《みな》が失踪した後、懸命に居場所を追った。

彼女の住居、出生地、最後の目撃談……少しでもヒントになりそうなところはすべて探った。

金に糸目をつけなかった。有能と言われる探偵を何人も雇って、全力を尽くさせた。

それでも美奈《みな》の消息はわからず――

わかったのは、母親のニーナが美奈《みな》の情報の痕跡を消しているということだった。

「許せるか……許せるものか……」

勝手な論理であることなど、ハーディ・瞬《しゅん》にもわかっている。

でも四十年以上生きてきて、たった一度の恋、たった一人の想《おも》い人なのだ。

恋路を邪魔する人間は、家族であろうと許せなかった。

「だから奪ってやったんだ……」

会社を奪い、そして雛菊《ひなぎく》と組んで権力でも名誉でも上回り、

「ただの老いぼれババアに過ぎないって知らしめてやる……」

美奈《みな》がいなくなった後、ハーディ・瞬《しゅん》の胸を支配するのは、そんな復讐《ふくしゅう》心だった。

美奈《みな》の消息がわからない以上、他に目標もない。

だから進み続けた。ニーナを超えるため、プライドを捨てて仕事をした。膨大な労力を払ったおかげで、雛菊《ひなぎく》という逸材を見つけた。

そうして会社を乗っ取り、今がある。

コンコンッ、とノック音がした。

「あの～、プロデューサー？　ヒナもここで待機って聞いたんですけど、入っていいですかー？」

ハーディ・瞬《しゅん》は髪をかき上げ、襟を正した。

「ああ、もちろんさ」

ハーディ・瞬《しゅん》は自らドアを開け、雛菊《ひなぎく》を招き入れた。

彼女は株主総会のゲストだ。

現在のハーディプロの好調は、彼女の働きがあってこそ。真理愛《まりあ》が抜けた穴を埋めてもあまりあるほどの利益をもたらしている。

ふと、雛菊《ひなぎく》が控え室の掛け時計を見た。

「そろそろせんぱいたちのショートムービーが始まっているころですね」

「……あんなもの、しょせん学生の思い出作りだ。君が気にするものではない」

「でもでも、丸《まる》せんぱいと真理愛《まりあ》先輩の演技は気になりません？」

「二人がどれだけ素晴らしい演技をしても、監督があのクズではな。宝の持ち腐れだ」

「あいかわらずプロデューサー、きびし～っ」

「確かショートムービーは公演が終わった後、ＷｅＴｕｂｅに上がるんだろう？　ボクはあのクズが作ったものを観《み》る気はないが、君は時間が空いたときに観《み》ればいい」

「そうなんですけどー、やっぱり生がいいというか、ネタバレは嫌なので、株主総会がなければ現場で観《み》たかったなーって」

「少なくともマルちゃんは芸能界に入ることが決まってるんだ。今後いくらでも機会はあるさ」

「んー、まあそうですね！」

歯切れのいい雛菊《ひなぎく》の声に満足しつつも、ハーディ・瞬《しゅん》の脳裏に引っかかるものがあった。

（ということはあのクズ、ショートムービーの会場に行ってないということか……？）

哲彦《てつひこ》について、ハーディ・瞬《しゅん》はなるべく情報を入れないようにしていた。ムカつくからだ。

そのため群青《ぐんじょう》同盟でショートムービーを作るといった軽い情報しか頭に入れておらず、株主総会と同日にショートムービーが公開されることも把握していなかった。

だから哲彦《てつひこ》が株主総会の会場に来ている違和感に今更ながら気がついたのだが——

「社長、そろそろご準備よろしいでしょうか？」

ドアの向こう側からの声に、ハーディ・瞬《しゅん》は思考を止めた。

「時間のようだ。では行こうか、ヒナくん」

「はい！」

ハーディ・瞬《しゅん》はドアを開け、控え室を出た。

憂《う》さを晴らそう。

邪魔なやつらを蹴散らし、栄光を手に入れるのだ。

その果て……すべてを手に入れられるほどの力がつけば……。

奇跡は起こるかもしれない。

それはずっとわからなかった美奈《みな》の情報を手に入れ、彼女と復縁するというものだ。

美奈《みな》を見つけても、彼女の頑固な性格から考えて、ほとんど不可能に近い未来だとわかっている。

でも、それでも——夢を見ずにはいられなかった。

さあ、行こう。

甲斐《かい》清彦《きよひこ》や哲彦《てつひこ》の吠《ほ》え面《づら》は、胸に空いた穴を埋めるものにはならないだろう。

しかしきっと、かなわぬ夢を追う途中の一時の慰めにはなるに違いない。

＊

哲彦《てつひこ》は株主総会の会場に入るなり、玲菜《れな》に席を四つ分確保するよう指示した。

「……四つスか？　三つじゃなくて？」

会場に入ったのは玲菜《れな》、哲彦《てつひこ》、清彦《きよひこ》の三人だ。

玲菜《れな》の疑問は当然だったが、哲彦《てつひこ》は顔色変えず言った。

「ああ、四つで正しい。今いない一人は、叔父さんが迎えに行ってる」

「……なるほど」

玲菜《れな》はカバンを置くことで、四つ分の席を確保した。

「オレも仕込みがあるから行ってくるわ」

「あっしは一緒に行かなくていいんスか？」

「金で買収した、きたねー案件だ。お前まで顔ツッコむ必要はねーよ」

「別にいいっスよ。ついていっても」

「バカ、オレが嫌なんだよ」

ヒラヒラと手を振り、哲彦《てつひこ》は株主席から遠ざかっていった。

玲菜《れな》は哲彦《てつひこ》が自分にだけ特別優しいことに気がついていた。

そしてそれが、異母兄妹《きょうだい》であるがためということも。

今回だって金で買収したってことは、犯罪に片足突っ込んでいる。だからこそ巻き込ませたくないと思って、ついてくることを拒絶したのだ。

「共犯になってもいいって言ってるのに……」

あいかわらず不器用な優しさだった。

ふいに玲菜《れな》は、哲彦《てつひこ》の優しさに甘えているだけでいいのかと思った。

自らついていかなければ、哲彦《てつひこ》はずっと安全な位置に置いてくれるだろう。

しかしそれは自分が望んでいることなのか？

哲彦《てつひこ》が何かをするなら、一緒に罪をかぶってこそ本当の兄妹《きょうだい》じゃないか？

そんな思いがよぎった。

「……………」

哲彦《てつひこ》の向かった場所はわかっている。

映写室だ。この会場はスクリーンの前に映写機を設置するパターンではなく、しっかりとした映写室が二階にある。

玲菜《れな》にとってハーディ・瞬《しゅん》は、哲彦《てつひこ》のように復讐《ふくしゅう》心を掻《か》き立てる人間ではなかった。

もちろん父親なのにずっと姿を現さず、母親が病死しても葬式にさえ来なかったときには恨みもした。

ただそれが母親の意思であることを知って以降、恨みは消え去っていた。

姿を現さなかったのは、母親がニーナ・ハーディに頼み、ハーディ・瞬《しゅん》に居場所がわからないようにしていたためだった。葬式に来なかったのも、情報を隠していたからだ。

母親の美奈《みな》は、ハーディ・瞬《しゅん》への恨み言を言ったことが一度もなかった。

『お父さんとは結婚できなかったけれど、愛し合っていたわ』

むしろそんな風に言う母親だった。

今では玲菜《れな》もすべての事情を知り、父親であるハーディ・瞬《しゅん》の立場、母親である美奈《みな》の立場、両方を理解している。

大好きな母親は自分の生き方を貫き、そして死んだ。病気となってしまい、もっと親孝行をしたかったと思うが、その生き方自体は十分に理解できた。

一方、父親のハーディ・瞬《しゅん》に対してはあまり思い入れがない。

母親はあなたと結婚していれば、働きづめで体調を崩すことはなく、若くして病死せずに済んだかもしれないのに……とは思うが、そうなることは無理だったとわかっているので、運命として受け入れている。

現在の玲菜《れな》が一番感情移入するのは、哲彦《てつひこ》だった。

異母妹として、ずっと傍《そば》で見てきた。

その復讐《ふくしゅう》心も、葛藤も、執念も、荒れっぷりも……。

玲菜《れな》は大きな才能と運命を背負って戦っている異母兄の力になってあげたかった。そしてその想《おも》いは時間が経《た》つほど強くなり――今に至っている。

「あっしは――」

玲《れ》菜《な》は席に座って手を組むと、深く考えだした。

異母兄の未来にとって、何が一番いいのか。

それを導き出すために。

＊

「あなたは私の復讐《ふくしゅう》をするために生まれてきたの。あなたが私の無念を晴らすのよ」

暗闇のホールに呪詛《じゅそ》の言葉が木霊《こだま》する。ショートムービー『隻腕のオイディプス』のオープニングを飾る、素晴らしい一声だ。

このセリフは穂積野《ほづみの》高校生徒会長であるマリンが担当している。

彼女はゲストとして集めた人間の中で断トツの演技力を持っていた。天性の才能があるのか、ぶっちゃけ白草《しろくさ》より遥《はる》かに上手《うま》く、練習してきた黒羽《くろは》にさえ比肩《ひけん》するレベルだった。

そのため冒頭の声で採用するか、役を与えて出演させるか俺と哲彦《てつひこ》は激論を交わし、頭にインパクトを持ってきたいという結論となって、最初の一声を任せたのだ。

「わかってるよ、母さん……。母さんの無念は、俺が晴らしてやる……」

俺の顔がスクリーンに映る。

その瞬間、観客がビクッとしたのがわかった。

スクリーンの中の俺が、あまりに常軌を逸した顔つきをしていたためだ。

瞳孔が開き、焦点が合っていない。

『今にも人を殺しそうな顔つきにしろ』

というのは、哲彦《てつひこ》の要求だ。

俺の元々のイメージが子役であったり、群青同盟《ぐんじょう》での楽しくやっていたりする人間ほど、そのギャップに恐怖を覚えたようだった。


「あの、あなたが徹弥《てつや》さんですか？　わたし、七海《ななみ》と言います。……あなたの異母妹です」

真理愛《まりあ》は本当にいい役者になった。今だって真理愛《まりあ》が登場した瞬間、ふわっと会場に心地よい風が吹いた気がした。

撮影中、もっとも哲彦《てつひこ》からやり直しを受けなかったのは、間違いなく真理愛《まりあ》だ（ちなみに一番やり直しさせられたのは俺だった）。

初めて会ったときは周りに敵意を振りまくハリネズミのようなやつだったのに、今では逆に誰と合わせても相手の良さを引き出し、どの役でも任せられるオールラウンダーだ。

それに何より一人の女の子として、魅力的になった。

スクリーンの中で演じる真理愛《まりあ》は、自然と人の目を引き付ける。それは映像を通しても相手に魅力的と思わせるほどの、圧倒的な可憐《かれん》さがあるためだ。

俺の異母妹役として陰となり支える姿は、自らも咲き誇りつつ、俺を立ててくれている。

きっと同世代の男子なら誰もが思うだろう。こんな妹がいたら、こんな子が支えてくれたら、自分はどれだけでも頑張れるだろう、って。

真理愛《まりあ》には男心をくすぐる愛らしさと、包容力を発揮したくなる幼さが同居している。

俺も演技中、何度か混乱したものだ。

……あれ？　俺って真理愛《まりあ》の兄貴だったっけって。

演技の相性が良すぎて、物語に没入し、現実感がなくなってしまったのだ。

演技中、ふいに抱きしめたくなってしまったことも一度ではない。もちろんみんなの目もあるし、絶対にやらなかったけれども。

真理愛《まりあ》の演技は『隻腕のオイディプス』の土台を安定させるのに欠かせないものだった。物語の理解度と没入度をアップさせ、深みを増させている。

きっと真理愛《まりあ》が芸能界に復帰したら、奪い合いになるほど求められるに違いない。

「……俊一《しゅんいち》さん！　私、優菜《ゆうな》って言います！　よろしくお願いします！」

黒羽《くろは》が演じる優菜《ゆうな》が現れると、一気に場面が明るくなった気がした。

フレッシュな新人アイドル役——これはきっと黒羽《くろは》の〝当たり役〟だ。

黒羽《くろは》の演技には初々《ういうい》しさがある。洗練した役者である真理愛《まりあ》には逆に出せなくなってしまったものだ。

技巧がないからこそ、必死にやる。必死だからこそ、見ている人が応援したくなる輝きがある。

黒羽《くろは》が出るたび、周囲にキラキラとした粒子が舞って見えた。純粋で真《ま》っ直《す》ぐで、華があるのに素人《しろうと》っぽさが漂っているのは、まさにフレッシュな新人アイドルだ。

黒羽《くろは》には役者となるだけの才能があると思う。

本人は『役者なんて無理』と言って堅実な人生を歩むつもりみたいだが、黒羽《くろは》には場の空気を変えるほどの華がある。

ただ大きな弱点があるとすれば、自分の演技を客観的に見られないことだ。

どだい役者なんて無理だと思い込んでいるため、演じている自分を見るのがどうにも恥ずかしいらしく、フレッシュさを未熟さと取り、華があるのを媚《こ》びを売っていると取ってしまう。

そのおかげで演技のチェックをするたび悶絶《もんぜつ》し、恥ずかしがって逃げ出し、最終的には、『ハルと哲彦《てつひこ》くんが納得すればそれでいいから』と判断を全投げしてきたくらいだった。

ただ、歌は別らしい。

実はエンディングの曲は黒羽《くろは》が歌っている。作曲はなんと朱音《あかね》だ。朱音《あかね》が趣味で作っている曲の一つを哲彦《てつひこ》が気に入り、採用することになったのだ。

この収録のときは今までとは打って変わって自らの声を何度も確認し、自己没を繰り返したあげく、俺と哲彦《てつひこ》がうんざりするほどだった。

ちなみに蒼依《あおい》は全員の衣装の選択と手配をし、碧《みどり》は大道具小道具問わず道具関連に尽力し、志田四姉妹《カラフルシスターズ》は八面六臂《はちめんろっぴ》の活躍だった。

その中でもエンディング曲まで歌っている黒羽《くろは》の貢献は群を抜く。

群青同盟《ぐんじょう》の副リーダーとして気配りができ、演技ができ、歌が歌える。

演技では真理愛《まりあ》がオールラウンダーだったが、黒羽《くろは》はマルチプレイヤーだ。そしてそのどれもが素晴らしく、器用貧乏ではない。言うなれば万能だ。

何もかも揃《そろ》った黒羽《くろは》は、このまま大学に進学すればきっと男が放っておかないだろう。凄《すご》いイケメンにも数えきれないほど口説かれるに違いない。

就職すれば会社の人気者だ。いるだけで空気が明るくなるような容姿と性格は、きっとどこへ行っても重宝されるだろう。

……ああ、ダメだ。勝手な想像なのに、それだけでなんだか嫉妬心が湧いてきてしまう。

幼なじみって言うと、どうしても付き合いが長い分だけ華やかさに目が行きづらい。

でもこうしてスクリーンで見る黒羽《くろは》は、簡単に手が届かないほどの高嶺《たかね》の花で、可愛《かわい》らしく、なんだか遠い存在になってしまったような気さえする。

もしかして黒羽《くろは》は、今の俺と同じような感情を抱いているのだろうか？

二人きりになる機会があれば、聞いてみたいと思った。


「初めてだったんだ！『恋』という気持ちを知ったのは！　ボクは愚かだった！　君に出会うまで、『恋』なんて幻想だと思っていた！」


哲彦《てつひこ》の演じる俊一《しゅんいち》は、まさにダークホースと言うにふさわしい。

結局哲彦《てつひこ》は監督をやりつつ、自分で重要な役どころも見事に演じきった。

この迫力……正直、俺でも出せるかどうかわからない。

真に迫っている。はまり役とはまさにこのことだ。

つい俺は手のべたつきを確認した。それほど哲彦《てつひこ》の演技は毒に満ちている。

おそらくこの俊一《しゅんいち》役は、瞬《しゅん》社長をモデルにしているのだろう。

そんな瞬《しゅん》社長にとてつもなく恨みを抱いている哲彦《てつひこ》が、誰よりもその役をうまく演じられるのは皮肉としか言いようがない。

実のところ、このシーンが最後の撮影だった。

本来は最初のころに撮る予定だったが、一度撮ってみた後、哲彦《てつひこ》は自分で没にした。そしてその後撮影を嫌がり続け、結局最後に回ってしまったのだ。

　こうして映像として見ると、その理由がわかる。

　哲彦《てつひこ》は気がついたのだ。

　自分は誰より瞬社長を憎んでいるのに、誰よりも似てしまっているって。

　それが嫌で嫌で、だから一度没にして、撮影を後回しにしたに違いない。

　哲彦《てつひこ》と俊一《しゅんいち》は、設定年齢に十歳ほど差がある。それだけに演じるのは非常に難しい。

　なのに——哲彦《てつひこ》のはまり具合は、その年齢差を凌駕《りょうが》した。軽いメイクをするだけで年齢なんて気にならないほど見事に演じられている。

　だからこそ、哲彦《てつひこ》は嫌になったのだ。血の繋《つな》がりの濃さに。

　まあ最後は気持ちを切り替えて演じきった哲彦《てつひこ》だったが、俊一《しゅんいち》を演じているときはずっと不機嫌だった。おかげで誰も話しかけられず、爆弾のようで、俊一《しゅんいち》のシーンがオッケーかどうか声をかけることもできない状態だった。じゃんけんで負けた陸《りく》が話しかけたものの、眼力だけで逃げ出し、最終的には玲菜《れな》が決死の覚悟で突撃し、何とか落ち着かせるのに成功したのだ。

「私とコラボしたい？　悪いけど二度と話しかけないでくれるかしら？」

白草《しろくさ》が演じる真白《ましろ》は、あて書きがされているだけあってイメージとの一致が凄《すご》い。スクリーンでは真白《ましろ》というキャラが動いているが、完全に白草《しろくさ》にしか見えなかった。

そしてそれで正解だ。

正直なところ演技力という面では、俺や真理愛《まりあ》のプロレベルどころか、黒羽《くろは》と哲彦《てつひこ》のうまい素人《しろうと》レベルにも白草《しろくさ》は到達できていない。

でもこうして通してみて違和感が出ないのは、その白草《しろくさ》のままで問題ないからだ。

白草《しろくさ》は不器用で、たぶん演技は向いていない。

でも一瞬の横顔が、夕日を浴びてチラッと見えた切なげな表情が、初恋の気持ちを思い出させる。

ああ、なんて綺麗《きれい》な女の子なのだろう。気づかれないならば、ずっと陰から見ていたい。

そんなストーカーみたいなことを考えていたときのことがよぎる。

その気の強そうな切れ長の目が、自分にだけ優しく変わってくれるとしたらどれほど幸せか。

黒髪ロングの正統派美少女なだけに、そう思う男たちが多数いることが想像できた。

「俊一《しゆんいち》さん、あなたには不倫疑惑がありますが、真相はどうなのでしょうか……？」

物語は佳境へ。

ついに主人公の徹弥《てつや》は、復讐《ふくしゅう》相手である父俊一《しゅんいち》に独占インタビューを行うことになる。

このシーン、徹弥《てつや》が途中からインタビュー内容を打ち合わせと変え、俊一《しゅんいち》を断罪しようといろいろと話しかける。

場面転換がなく、密室で俺と哲彦《てつひこ》が会話するだけの地味ながらクライマックスという、難しいシーンだ。

でも一発でＯＫが出た。

俺と哲彦《てつひこ》が役者として会話をするシーンは、これが初めてだった。

なのに……いや、だからこそか……。

不思議な感覚だった。相手の思考がわかる。

細かな動作で相手がどんな演技を望んでいるか、そして自分がどう演じれば相手に考えが伝わるか、それが無意識に理解できた。

もし演技の相手にも相性があるのなら、たぶん俺と哲彦《てつひこ》は一番良かった。あれほど共演経験がある真理愛《まりあ》よりも、誰よりも長い付き合いがある黒羽《くろは》よりも、哲彦《てつひこ》とのほうがやりやすかった。

そんな風に感じたことはいろんなドラマに出させてもらったのに、今まで一度もない。

一連のシーンが終わったとき、哲彦《てつひこ》は呆然《ほうぜん》としていた。

俺も呆然《ぼうぜん》としていた。

玲菜《れな》が哲彦《てつひこ》にOKかどうか聞くまで、俺たちは不思議な感覚に包まれていた。

もっと一緒に演じていたい。ただただ、そう感じていた。

「あなたは混乱している！　落ち着いて！」

「危ないからこっちへ来い！」

「あなたが刺した男は病院に搬送中よ！　その結果を聞いてからでもいいじゃない！」

俺が演じる徹弥《てつや》はネットの生放送で俊一《しゅんいち》を刺し、逃亡。

警察に追い詰められ、たどり着いたのは工事中のビルだった。

この警官役は碧《みどり》、陸《りく》、橙花《とうか》の頑健ながら不器用な三人組で、本当に大変だった。

セリフは少ないのに、テイク五十は超えただろうか。

夜の雨のシーンということでタイミングを狙いすまして撮りに行ったのに、途中雨がやんでしまったりするなど、もう散々だった。

しかも俺は雨の中逃げて来た設定なので、ずぶ濡《ぬ》れだ。

いくら夏といっても夜風には涼しさが混じる。そのせいで寒いやら全然OKが出ないやらで、非常に思い出深い。

哲彦《てつひこ》からOKが出た瞬間、全員その場にへたり込んだほどだった。

「疲れたな……」

ラストシーン、工場の鉄骨に立っていた俺は、中空へと身を投げる。

この身を投げるシーン、危険が伴うためセッティングが大変だった。

碧《みどり》、陸《りく》、橙花《とうか》の三人にはどちらかと言えば大道具などで活躍してもらったのだが、この三人には落ちた俺を受け止めるネットを張ってもらったし、危ないからということで総一郎《そういちろう》さんが手配したプロのスタッフにも参加してもらった。俺の母親が撮影中の事故で死んでいるからこそ、より厳重な配慮がされての撮影だった。

ああ、この映画には、俺の青春がすべて詰まっている——

黒羽《くろは》の歌うエンディング曲が流れ、スタッフロールに記載された名前の数々を見て、俺はそんな気持ちを抱いていた。

哲彦《てつひこ》が群青同盟《ぐんじょう》を作って、多くのことが起こった。

高校二年生の二学期から始めた部活だったのに、たくさんの人と新たな出会いがあった。

数えきれないほどの楽しいことと事件があった。

その集大成がこの映画だ。

俺と青春を共有し、彩《いろど》ってくれた人たちがここに並んでいる。

感謝の念が湧くとともに、俺の瞳には涙が流れていた。

「ハル……」

隣に座った黒羽《くろは》がハンカチを差し出す。

黒羽《くろは》はあいかわらず今の俺に足りないものを補ってくれる。

「……ありがとな」

俺は涙を拭った。

一度拭うと、もう涙は流れていなかった。

次に進まなければならないと理解していたためだ。

スタッフロールが終わる。

そして会場に照明が灯《とも》ろうかというとき——

——〝事件〟は起こった。

俺は阿部《あべ》先輩からいろいろ聞いていた。だからこの場にいる誰よりも哲彦《てつひこ》のやりたいことや作戦について知っていただろう。

だが──これは知らなかった。

「哲彦《てつひこ》の野郎……やりやがったな……っ！」

俺たちは今日の公開日前に、完成した映画を群青《ぐんじょう》同盟全員で観《み》ている。

そのとき〝これ〟は入っていなかった。

最後の数秒に文字を追加するだけだから、工作は簡単だ。

哲彦《てつひこ》は群青《ぐんじょう》同盟メンバーに完成させたと思わせ、その後コレクトに提出するまでにちょろっと付け加えたのだろう。

そんな数分でできるような工作……だがそこに、哲彦《てつひこ》の長年の執念がすべて詰められている。

俺は全身に鳥肌が立った。

たったこれだけのことをするために、哲彦《てつひこ》は群青《ぐんじょう》同盟を作り、少しずつ知名度を積み上げてきたに違いない。その膨大な労力と込められた黒い感情に、めまいを覚えた。

哲彦《てつひこ》はスタッフロールが終わった後、こんな文字を入れていた。

──この映画は、ハーディプロの代表取締役社長《だいひょうとりしまりやくしゃちょう》ハーディ・瞬《しゅん》の不倫事件をもとに作られています会場が、ざわつく。
観客がスマホを手に取り、検索している。
きっと検索している単語は『ハーディプロ』『ハーディ・瞬《しゅん》』だろう。
今、哲彦《てつひこ》の復讐《ふくしゅう》は、ついに果たされようとしていた。

第四章　群青《ぐんじょう》同盟最大の敵

＊

「マルちゃん、こっちだ」

新宿コレクトホールの地下駐車場で、スーツ姿の中年紳士が俺に手を振ってくる。

総一郎《そういちろう》さんだ。

「パパ⁉」

白草《しろくさ》が驚きの声を上げる。

俺はショートムービーを観《み》終えた後、渋谷で行われるハーディプロの株主総会に急いで行くとは伝えていたが、そういえば総一郎《そういちろう》さんと一緒とは伝えていなかった。

そして総一郎《そういちろう》さんの横に立っていた小柄の少女を見て、白草《しろくさ》はもう一度驚いた。

「え、芽衣子《めいこ》まで⁉　芽衣子《めいこ》がどうして⁉」

総一郎《そういちろう》さんが時計を見た。

「時間の余裕がない。移動しながら話そう」

俺は軽く頭を下げた。

「すみません、急遽《きゅうきょ》大型車を手配してもらって」

本来、株主総会には、群青同盟《ぐんじょう》からは俺だけが向かう予定だった。

なぜなら阿部《あべ》先輩や峰《みね》から哲彦《てつひこ》の過去を聞かされたのは俺だけだったし、総一郎《そういちろう》さんに相談したときも俺だけでいいのではないかという話になったからだ。

でもさっき、黒羽《くろは》に見抜かれ、言われた。

仲間なのに水臭いって。

みんなもまた哲彦《てつひこ》がどうなるか最後まで見届けたいことを知り、俺は総一郎《そういちろう》さんに連絡し、全員で移動できる車にかえてもらったのだった。

総一郎《そういちろう》さんはいつものダンディなほほ笑みを浮かべた。

「実はこうなると思って、最初から大型車を用意していたよ」

「……え？」

「君たちの強い繫《つな》がりを見ていれば、マルちゃんだけというわけにはいかないだろうと思っていたからね」

さすが総一郎《そういちろう》さん……すべてを見抜いている。

「では、よろしくお願いします」

総一郎《そういちろう》さんが頷《うなず》く。

こうして俺たちを乗せた車は、渋谷へと走り出した。

＊

哲彦《てつひこ》は映写室での打ち合わせを終えると、玲菜《れな》が確保している座席へ戻るため、通路を歩いていた。

その際、ふと設置された置き時計が目に入る。

時刻は十一時ジャスト。

予定通りであれば、ショートムービーフェスティバルで『隻腕のオイディプス』の公開が終了し、ＷｅＴｕｂｅにアップされる時間だ。

哲彦《てつひこ》は歩きながらスマホを取り出し、軽く検索をかけてみた。

「……ふっ」

思わず、乾いた笑いが出た。

すでにネット上では軽い騒ぎになりつつある。

――ハーディ・瞬《しゅん》って誰だ？

――このショートムービーの浮気《うわき》の描写って、リアルで起こったってこと？

――そもそも浮気《うわき》事件っていつのことだよ？

──相手誰～？　有名なやつ～？

──ハーディプロって、丸《まる》ちゃんや真理愛《まりあ》ちゃんが所属していた事務所だよな？

──こいつ、雛《ひな》ちゃんのプロデューサーらしいぞ？

──ちょっ！　ひなっきーに手を出してるならシャレにならんのだが！


「ははははっ！」

哲彦《てつひこ》は額に手を当てた。

周りに人がいるのに、笑いが止まらない。

不審そうな顔でジロジロと見られる。目立ってしまっているのはわかっていたが、それでも十秒ほど笑い続けた。

「いや～、復讐《ふくしゅう》っていいよな。たまんねーわ。癖になりそう」

ただいつまでも笑っているわけにもいかず、哲彦《てつひこ》は髪をかきあげることで気持ちを切り替えた。

スマホが震える。

叔父からのメッセージだった。

『ちょっと合流に手間取った。数分遅れる』

了解、と打って哲彦《てつひこ》はスマホをポケットに戻した。

哲彦《てつひこ》がホールの出入り口まで行くと、中年男性スタッフが一人扉の前に立っていた。

「先ほど始まりましたので、静かに入っていただけると助かります」

「へーへー、了解っす」

言い方が気に食わなかったのだろう。中年男性スタッフがにらんでくる。

哲彦《てつひこ》から見ると、ハーディプロで働く人間は、すべてハーディ・瞬《しゅん》の仲間に見えて仕方がない。だから顔を覚えておいてやろうと思ってにらみ返してやった。

「……どうぞ」

スタッフが表情を殺し、静かに扉を開く。

哲彦《てつひこ》はこんなところで時間を無駄に使う無益さに気がつき、中に入った。

「ハーディプロの株主総会も今回で四十回目となりました！　それもひとえにここにいる皆様方のご支援のおかげです！　代表取締役社長《だいひょうとりしまりやくしゃちょう》として、厚く御礼申し上げます！」

すでに壇上にはハーディ・瞬《しゅん》が上がり、挨拶をしていた。

「………………っ」

入場者に目をやったハーディ・瞬《しゅん》と哲彦《てつひこ》の視線が、一瞬交錯する。

だが無視することにしたのだろう。

ハーディ・瞬《しゅん》はすぐに視線を逸《そ》らし、続けた。

「総会の概要について説明します。受付時にお渡ししたプログラムをご覧ください。まずは本年度の事業報告、連結計算書類及び計算書類の内容報告をいたします。その次は、会計監査人及び監査役会の連結計算書類監査結果報告についてです。また決議事項といたしまして、第一号に剰余金の処分の件について――」

そんな説明を横目に、哲彦《てつひこ》は玲菜《れな》の横の席に腰を下ろした。

「……ん？　お前、何やってんだ？」

玲菜《れな》は椅子にアームを設置し、スマホを固定して壇上を撮影しているようだった。哲彦《てつひこ》が声を潜めたのは、この場が撮影禁止のためだ。

玲菜《れな》自身、間違いなく撮影禁止であることを把握している。だって、スマホは角度的に壇上から見えないようにしているし、手やハンカチで巧みに隠しているから。確信犯的行動だ。

哲彦《てつひこ》はとがめられて面倒になる前に止めようと思ったが、その前に玲菜《れな》が口を開いた。

「それより、先輩の準備は大丈夫ですか？」

「ん？　ああ。問題ない」

「じゃあ、いつ始めるんスか？」

「まあいつでもいいっちゃいいんだが――」

パッと照明が消えた。

プレゼンテーションが始まるためで、壇上の巨大スクリーンには事業報告のファイルが表示されている。

ハーディ・瞬《しゅん》は、芝居がかった仕草で言った。

「ここで一つ、私からサプライズを。これから事業報告をさせていただきますが、先に結論から言えば、昨年度と比べ、大きく増収増益となりました。その立役者をご紹介します。我がハーディプロが誇る歌姫……虹内《にじうち》・キルスティ・雛菊《ひなぎく》です!」

「こんにちはーっ!」

元気のいい、透き通った声。

画面越しでさえ妖精と呼ばれる少女の可愛《かわい》らしさは、圧倒的だった。彼女が壇上で手を振るだけで、堅苦しい空気が漂っていた株主総会は、一気にライブ会場のように変貌した。

「おおっ!」

華がある、という一点だけでいえば、現在日本でトップとも言われる少女だ。

怖い顔つきをしていた株主さえ、デレデレにさせるほどの輝きが雛菊《ひなぎく》にはあった。

「彼女には私のプレゼンの助手を務めてもらいます。また株主総会終了後には短時間ながら、特別ライブも予定しております。お時間にご都合がつけば、終了後お楽しみいただければ幸いです」

「よろしくお願いしますーっ!」

雛菊《ひなぎく》がウインクをする。

「っっ!」

それがトドメだった。

ナンバーワンアイドルと呼ばれるにはそれだけの理由がある。彼女の可愛《かわい》らしさと天真爛漫《てんしんらんまん》さは、対峙《たいじ》した人たちをあっという間にファンとしてしまう。

雛菊《ひなぎく》が登場しただけできついことを言いにくい流れが出来上がっていた。

哲彦《てつひこ》は舌打ちした。

「ふうん、いやらしいことしてくるじゃねぇか……」

ハーディ・瞬《しゅん》のことを認めたくない哲彦《てつひこ》だったが、雛菊《ひなぎく》登場の有効性は認めざるを得なかった。

ただ、彼女の登場は作戦に影響がない。いける。

そう考え、思考を切り替えたときのことだった。哲彦《てつひこ》がスマホのメッセージに気がついたのは。

『今、着いた。お前、どこに座っている？』

叔父からだ。

哲彦《てつひこ》はいいタイミングだと思った。

「それでは今年度の事業報告の説明を始めます――」

「――異議、あり」

哲彦《てつひこ》が手を挙げてそう告げると、会場はシンと静まり返った。

少しずつ、誰だあれはとのざわめきが広がっていく。

ハーディ・瞬《しゅん》は頬をひきつらせ、マイクを握りしめた。

「ええと、先ほど場をわきまえぬ者からたわごとがありましたので、すぐに退場を――」

「会社法339条1項！『役員及び会計監査人は、いつでも、株主総会の決議によって解任することができる。』！この条項に基づき、代表取締役社長《だいひょうとりしまりやくしゃちょう》ハーディ・瞬《しゅん》の解任の決議を要求するっ！」

ざわっと、会場がどよめく。

ハーディ・瞬《しゅん》は憎悪《ぞうお》の眼差《まなざ》しで哲彦《てつひこ》をにらみつけた。

「株を持っていないお前に発言権があるとでも？」

「株主はすぐに来る。オレは代弁者だ」

「小賢《こざか》しいガキが……。ならば一つだけ聞いてやるが、会社は増収増益。どこに解任の正当性が？」

「それは――今、見せる」

パチンッ、と哲彦《てつひこ》は指を鳴らした。

するとスクリーンはパワーポイント資料から、ＷｅＴｕｂｅのとある動画に切り替わった。

「これは――貴様らの作ったショートムービー……？」

「ここにお前の罪がある」

「ふざけるな！」

「ふざけてねぇ！　このショートムービーはすでに全世界に公開されている！　お前に社長の資質がないと、世間はすでに判断し始めている！　オレの言葉が嘘《うそ》だと思うやつはネットでこいつの名前を検索してみろ！　すでに話題になってるぜ！」

ざわめきはさらに大きくなっていく。

哲彦《てつひこ》は反転し、株主に向けて語る。

「このショートムービーはたった十五分です！　観《み》てから判断しても遅くはないと思いますが、いかがでしょう！」

ハーディ・瞬《しゅん》も一方的に言わせるわけではない。

瞬時に反論した。

「そんな必要はありません！　高校生の駄々に付き合うなんて馬鹿らしくありませんか？　スタッフ！　こいつを早く退場させろ！　スクリーンをパワポに戻せ！」

混乱した状況の中、一人また一人とスタッフが動き出す。

だが次の瞬間――

――カツンッ！

と杖《つえ》を叩《たた》く音が響き渡った。

場を切り裂くような木製の音だ。

その音は注目を一点に集めるだけの力があった。

「まったく、こんな場所で親子喧嘩《げんか》とは……来場の皆様に申し訳ないねぇ」

つぶやいたのは、老婆だ。

杖《つえ》をつき、腰は大きく曲がっている。

彼女は特徴的な帽子をかぶっていた。まるで童話に出てくる魔女がかぶるような、とんがり帽子だ。

昔からのハーディプロの株主であれば、その帽子の持ち主を知らないことはない。

――ニーナ・ハーディ。

ハーディ・瞬《しゅん》の母親にして、ハーディプロをここまで育て上げた創業者にして前社長だ。

「かあ、さん……」

「筆頭株主として要求する。孫の作ったショートムービーを一緒に観《み》て欲しい」

孫、という言葉でようやく株主たちに状況が把握されていく。

先ほどニーナ・ハーディが『親子喧嘩《げんか》』と言ったのは、社長のハーディ・瞬《しゅん》と、解任決議を訴えた少年が親子のためだ、と。

「アタシも年を取った……。会社を運営していくだけの体力はない……。だから瞬《しゅん》がやりたいのならやらせてもいいと思ったが、孫の哲彦《てつひこ》のほうが適任なら、別にそれでもいいと考えていてね……」

ニーナは意地が悪そうな笑みを浮かべる。

「瞬《しゅん》にも哲彦《てつひこ》にも、言い分や積み上げてきたものがあるんだろう？　アタシは正直どっちでもいいが、より力量のあるほうが継ぐのが自然の理《ことわり》さ。だから全部ここでさらけ出して、株主さんにいいと思うほうに決めてもらえばいいじゃないか？　どうだい？　それじゃダメかい？」

株主の人々から笑みがこぼれる。

強いものに任せればいい。ニーナ節と言うべき内容が懐《なつ》かしく感じられたためだ。

「ニーナさんに賛成！」

「まずはそのショートムービーとやらを観《み》てみようじゃないか！」

元々ハーディプロはニーナの個性で運営されていた面が大きかった。それだけに一部株主には彼女だからこそ任せていたという人間もいて、そんな人間がニーナ擁護に回った。

「くっ……」

これだけの空気ができてしまえば、ハーディ・瞬《しゅん》も抗《あらが》えない。

「いいだろう！　だがムービーを観《み》終えた後、しっかりと抗弁はさせてもらうぞ！」

「ふんっ、やってみろ」

「ニーナさん、こちらへ」

ニーナの横にいた中年男性——甲斐《かい》清彦《きよひこ》がニーナの手を取り、歩行を補助する。

清彦《きよひこ》は哲彦《てつひこ》のところまで移動すると、ため息混じりに言った。

「哲彦《てつひこ》……お前、俺とニーナさんが来る前から始めるなよ」

「到着したってメッセージは確認してから始めてるんだからいいだろ」

「まったく厄介な息子と孫をもっちまったもんだねぇ」

ニーナがよろけながら席に座る。

「あいつと一緒にすんなよ、バアちゃん」

「アタシから見ると、かなり似てるよ、あんたたち」

「ボケババアが。もうろくするのもしょうがない年だろうが、そういうバカな間違いはすんなよな」

「可愛《かわい》げのない孫だねぇ」

「あっ……」

玲菜《れな》が身を乗り出し、ぺこりとニーナに頭を下げる。

ニーナはとたんに頬を緩め、にこーっと笑った。

「あんたはいい子だねぇ。飴《あめ》ちゃん食べるかい？」

「ど、どうもありがとうございます」

玲菜《れな》がニーナから飴《あめ》を受け取っている間に、哲彦《てつひこ》はメールで再生の合図を出していた。

スクリーン上で矢印が動き、再生ボタンが押される。

全画面表示に変更され、株主総会の場は即席のショートムービー上演会へと変貌した。

「あなたは私の復讐《ふくしゅう》をするために生まれてきたの。あなたが私の無念を晴らすのよ」

ハーディ・瞬《しゅん》は雛菊《ひなぎく》と一緒に壇上を降り、壁際《かべぎわ》に座席を用意させた。

「わぁっ！」

雛菊《ひなぎく》は元々観《み》たいと言っていただけに目を輝かせて楽しんでいる。

ハーディ・瞬《しゅん》は腕と足を組み、いらだたしげに指を叩《たた》いた。

その姿を、じっと哲彦《てつひこ》は観察していた。

＊

車での移動中、俺たち群青同盟《ぐんじょう》のメンバーは二つのスマホを使って株主総会の様子を見ていた。

一つは俺のスマホだ。こちらには密《ひそ》かに潜入している阿部《あべ》先輩から映像が送られている。これは予定通りというもので、初めから準備していた。

しかしもう一方は違う。こちらの映像は玲菜《れな》からのもので、真理愛《まりあ》のスマホに送られている。玲菜《れな》は今日、ずっと連絡が取れなかったにもかかわらず、車に乗ったころに急遽《きゅうきょ》メッセージを送ってきた。そしていきなりテレビ通話で映像を送ると言ってきたのだ。

「浅黄《あさぎ》先輩、どうして急に」

碧《みどり》が腕を組んで疑問を呈する。

その問いには真理愛《まりあ》が答えた。

「玲菜《れな》さんは、哲彦《てつひこ》さんのすべてをモモたちに見てもらい、そのうえで止めて欲しいのではないでしょうか……？」

「それなら前から映像送るって言ってくれればよかったのに」

「末晴《すえはる》お兄ちゃんも元々は一人で行こうと思っていたように、今回の一件はとても哲彦《てつひこ》さんのプライベートにかかわることです。そのため抵抗があったのでしょう。ギリギリまで迷って、最終的にモモたちを頼った……そんな気がします」

「どうしてそんなことまでわかるんだよ」

碧《みどり》のツッコミに対し、真理愛《まりあ》は両手を腰に当て、控えめな胸を張った。

「碧《みどり》ちゃん、忘れてません？　群青同盟《ぐんじょう》の高二世代は、モモと玲菜《れな》さんの二人だけなんですよ？　友情パワーです」

「そりゃ失礼しました」

碧《みどり》がおどけたように言う。

俺は笑いながら、本当に良かったと思った。

真理愛《まりあ》は大人の世界に染まりすぎていて、対等な友達がいなかった。社交性を身につけたのは俺と出会ってからで、子役として芽が出てからは学校にあまり行っていない。そのせいで社交性は抜群なのに同世代の友達がほとんどいないという状態にあった。

それが『友情パワー』なんて冗談まで出てくるようになるなんて――たった一年で随分変わったものだ。

昔から真理愛《まりあ》を見ていた俺は、なんだかジンときた。

「しっかし、哲《てつ》さんも派手にやりましたねーっ！」

陸《りく》がしみじみと言う。

「これ、丸《まる》先輩は知ってたんすか？」

「まあな。でも想像より派手すぎるっつーか、株主総会でやっていいんか、こんなこと」

白草《しろくさ》がため息をついた。

「法律的に違反ではないでしょうけど、前代未聞《ぜんだいみもん》よね。まあ、ここにはお昼のワイドショーの生放送中に告白した人もいるし、それよりはマシだと思うけれど」

「白草《しろくさ》さ〜ん？　モモに喧嘩《けんか》を売りましたか〜？」

「あら、そう聞こえたかしら？　私はただ比較をしただけなのだけれど？　可哀《かわい》そうね。あんなに無茶をしたのに、無駄な努力だなんて」

「はー、へー、ほーっ！　お父様がここにいるのに、白草《しろくさ》さんも随分と大胆になりましたね！」

ぎゅっと左側から真理愛《まりあ》が俺に抱き着いてきた。

控えめながらも確かなふくらみが俺の肘に当たり、私服の可愛《かわい》らしさと相まってドキリとさせられる。

その一瞬の惚《ほう》けを見た白草《しろくさ》は、ギラリと目を輝かせると、右側から俺の肩にしなだれかかってきた。

「桃坂《ももさか》さん、勘違いしないでくれる？　これは大胆じゃなくて、親の公認ということよ。すでに数歩後れていることを自覚したほうがいいわ」

「そんなことないですよねー、末晴《すえはる》お兄ちゃんー。小説家は妄想しやすい人種なので、ちゃんと言ってあげないと現実と妄想を混同しちゃうんですからー」

「このぶりっ子狸《だぬき》が……っ！」

「ポンコツわんちゃんに言われたくないですね……っ！」

「タスケテー」

狭い車内で美少女から抱き着かれるなんて、喜びしかない。だって車の揺れに応じてさらに密着度は増したり、彼女たちの触れてはならざるような柔らかさを感じたりするためだ。

だが——左右からの圧力が凄《すご》すぎる。

正直、怖い。喧嘩《けんか》がなければ極楽なのだが、極楽の谷間に地獄が広がっている。

やれやれといった空気が車内に流れる中、黒羽《くろは》がつぶやいた。

「哲彦《てつひこ》くんが隠していた別の仕込みって、エンディング後の字幕と、株主総会での解任決議だったんだ。あれだけ用事とか言って勝手に行動してたの、株主工作だとわかって、ようやく腑《ふ》に落ちたかな」

「しかしさすが哲《てつ》さん！　字幕だけでもパンチがあるのに、株主工作までやるなんて……やるときゃ徹底的っすね！　筆頭株主とやらのおばあさんが出てきましたし、もう勝ち確じゃないっすか！」

陸《りく》が『勝ち確』と思うのはわかる。

だが違う。その言葉はニーナおばちゃんを知らないから出るのだ。

この中でニーナおばちゃんを知るのは、俺、真理愛《まりあ》、総一郎《そういちろう》さんの三人だ。

総一郎《そういちろう》さんは運転に専念しているし、真理愛《まりあ》は白草《しろくさ》を威嚇していたので、俺が答えることにした。

「陸《りく》、あのな、ニーナおばちゃんはこの段階でも、どっちの味方でもねぇぞ」

「……え？　そうなんすか？」

陸《りく》は目をパチクリさせた。

「だって『株主さんにいいと思うほうに決めてもらえばいいじゃないか？』って言ってただろ？」

「でも、ムービー観《み》るってことは哲《てつ》さん支持の流れっすよね？　それで最後の不倫事件参考にしたってのが流れるでしょ？　それって哲《てつ》さんの勝ちじゃないっすか」

「違うんだよなー。ニーナおばちゃんって、マジでガチンコなんだよ。戦わせて、生き残ったほうを勝ちにするっていうか……。瞬《しゅん》社長を告発したって言っても、群青《ぐんじょう》同盟の今まで築き上げて来た知名度があるから、ようやく追い詰められるんだ。これ、登録者少ないチャンネルでやってたら、簡単にもみ消されるぞ」

「でも不倫は事実じゃ……」

「どうやって証明するんだよ。世の中、不倫したって薬やったって、芸能界に戻ってきた例はいくらでもあるぞ?」

「うわっ、それ言われると反論ができねぇっすわ……」

真理愛《まりあ》は肩をすくめた。

「それにしてもよくニーナさんを連れて来られましたね。瞬《しゅん》さんに会社を乗っ取られたとき、引退する気満々だったのに」

これまでずっと様子をうかがっていた総一郎《そういちろう》さんが口を挟んだ。

「ニーナさんはね、ああ見えて息子の行動で孫の人生が歪《ゆが》んでしまったことに心を痛ませていたよ。美奈《みな》さんを保護していたのも、哲彦《てつひこ》くんや玲菜《れな》くんを支援していたのも、その一環だ」

総一郎《そういちろう》さんの言葉は重い。

俺は尋ねた。

「総一郎《そういちろう》さんはいつから哲彦絡《てつひこがら》みのことを知っていたんですか?」

「群青同盟《ぐんじょうどうめい》が結成されるあたりだね。白《しろ》やマルちゃんがWeTube活動するような部活に参加すると聞いて、企画者である甲斐《かい》くんを徹底的に洗ったから」

「さすが総一郎《そういちろう》さん……」

いくら紳士といっても会社の経営者、甘い判断はしない。

「ニーナさんは哲彦《てつひこ》くんが復讐《ふくしゅう》を望んでいるのは知っていたけれど、こういうのは止めたらむしろ本気になってしまうものだからね。懸念《けねん》はしていたが、口を出せずにいた。ただ、哲彦《てつひこ》くんがマルちゃんを引き込んで群青同盟《ぐんじょうどうめい》を作ると私から報告したとき、嬉《うれ》しそうにしていたよ。群青同盟《ぐんじょうどうめい》は復讐《ふくしゅう》の過程として作られた集まりかもしれないが、哲彦《てつひこ》くんにとって幸せな青春を与えてくれるだろうって、そう言っていた」

「哲彦《てつひこ》のやつ、群青同盟《ぐんじょうどうめい》を大切に思ってるんですか？」

俺は思い切って総一郎《そういちろう》さんに聞いてみた。

哲彦《てつひこ》はいつも素直じゃない。たぶん直接聞いても、大切だなんて言わないことは想像がつく。だから信頼のおける総一郎《そういちろう》さんに聞いてみたくなった。

「……マルちゃん、君はどう思うんだい？」

俺は目をつぶった。

そして今までいろいろあった出来事を思い起こし――

こう告げた。

「哲彦《てつひこ》も、俺たちを大切に思ってくれていると思います」

「君たちがそう思う限り、きっと哲彦《てつひこ》くんもそう思っているよ」

禅問答のような回答だ。

けどそれがきっと正しいのだと、俺は何となく思った。

株主総会の場で群青同盟《ぐんじょう》のショートムービーが流れる中、哲彦《てつひこ》はハーディ・瞬《しゅん》の表情変化を見逃さないよう観察していた。

どうせ映画の内容は記憶するほど頭に入っている。

映画を観《み》てハーディ・瞬《しゅん》がどういう反応をするのか――

ただそこに、興味があった。

＊

「初めてだったんだ！　『恋』という気持ちを知ったのは！　ボクは愚かだった！　君に出会うまで、『恋』なんて幻想だと思っていた！」

映画の中でハーディ・瞬《しゅん》を模したキャラ……俊一《しゅんいち》が叫ぶ。

憎い男をモデルとしたキャラをやることに、哲彦《てつひこ》は葛藤があった。

でもこの男の滑稽さ、胸糞悪《むなくそわる》さを誰よりも表現できるのは自分と判断して演じた。

そしてその判断は正しかった――と哲彦《てつひこ》は思っている。

末晴《すえはる》や真理愛《まりあ》からも絶賛された。群青《ぐんじょう》同盟が誇る役者トップコンビが『文句をつけるところがない』と言ったほどだ。

哲彦《てつひこ》には、はまり役だった理由がわかっていた。

一つは認めたくないが、自分がハーディ・瞬《しゅん》の息子だからだ。

親子だから似ているとは限らない。

しかし互いに芸能関係にたずさわり、一定の成果を出している以上、似ている面があることは事実だろう。

もう一つは自分もまた『初恋』に破れ――今もまだ、引きずっているからだ。

芽衣子《めいこ》に告白し、拒絶され……なのにずっと見つめられ続け――

だからこそ哲彦《てつひこ》には『初恋』がうまくいかない辛《つら》さをうまく演じられる自負があった。

それこそ末晴《すえはる》より、だ。

末晴《すえはる》の初恋は白草《しろくさ》。ただ黒羽《くろは》という幼なじみがあまりに強すぎて拮抗《きっこう》し、真理愛《まりあ》まで入ってきてカオスになった。

そのため『初恋』に強い気持ちはあっても、縛られているようには見えない。むしろ『初恋』に縛られているのは、黒羽《くろは》、白草《しろくさ》、真理愛《まりあ》のほうかもしれないだろう。

哲彦《てつひこ》にとって芽衣子《めいこ》は、『初恋相手』で『幼なじみ』。

末晴《すえはる》を取り巻く三人の少女の中で、哲彦《てつひこ》がもっとも境遇が近いと感じるのは、黒羽《くろは》だった。

だからこそ哲彦《てつひこ》は黒羽《くろは》を一番応援し、諦めずに行動し続ける姿勢を尊敬していた。

（さぁ、自分がモデルとなったキャラ……てめぇはどう思う？）

怒るか、恥じるか、慌てるか――

どう動くか、見物だった。

しかし――

ハーディ・瞬《しゅん》はまったく動じなかった。

つまらない映画だとばかりに、冷めた視線で画面を眺めている。

「――っ」

哲彦《てつひこ》は奥歯を噛《か》みしめた。

（あの野郎……っ！）

会場の反応はなかなかだ。俊一《しゅんいち》の慟哭《どうこく》に、息を呑《の》む者だっている。

なのに、肝心のハーディ・瞬《しゅん》はどこ吹く風だ。

自分がモデルだと気がつかないことはないだろう。

きっとこの映画が、不倫事件を告発するものだと気がついているはず。

だとするとこの余裕は――

（ひっくり返せると思っているのか……？）

哲彦《てつひこ》の想像では、上映に持ち込んだ時点でハーディ・瞬《しゅん》は狼狽《ろうばい》するはずだった。

プライドの高いハーディ・瞬《しゅん》は上映中……または上映終了と同時に怒り狂い、不倫を認めず、みっともない言い訳をしたあげく、破滅する——そう思っていた。

そう確信していたのは、哲彦自身が同じことをされたら、間違いなく狼狽するからだった。

哲彦《てつひこ》はハーディ・瞬《しゅん》と親子であることを認めたくないが、親子であるからこそ、その光景に確信が持てた。

だというのに。

（マズい、オレの予測を超えた何かがある……？）

自分の想像がつかない、ハーディ・瞬《しゅん》がいる。

その恐ろしさに、哲彦《てつひこ》の背筋にヒヤッとしたものが走った。

（考えろ……っ！　ここにたどり着くまで、あらゆることをやってきただろ……っ！　どんな状況にも対応できるよう、やつの動きを予測するんだ……っ！）

ショートムービーは株主総会参加者を楽しませ、時に驚かせ、話は進んでいく。

そして——


「疲れたな……」


映画が終わった。

スタッフロールが流れる。

だがまだここまでは前奏のようなもの。

最後に表示されるテロップが本命だ。

――この映画は、ハーディプロの代表取締役社長《だいひょうとりしまりやくしゃちょう》ハーディ・瞬《しゅん》の不倫事件をもとに作られています
「え……っ!」

「おいっ、これ……っ!」

「この情報、ネット上に出てるのか……っ!?」

テロップが出ると同時に、株主から動揺の声が上がった。

「…………」

だがそれでも、ハーディ・瞬《しゅん》は眉一つ動かさなかった。

「っ――」

哲彦《てつひこ》は奥歯を噛《か》みしめた。

(なんだそのツラは……っ!)

お前は今、オレにしてやられ、苦渋の顔をするべきなんだ。

怒り、騒ぎ、狂い、堕《お》ちていくのを見て、オレはようやく溜飲《りゅういん》が下がるはずだった。

なのに、なのに――

ハーディ・瞬《しゅん》は立ち上がると、スタッフに声をかけた。

スタッフが頷《うなず》き、持っていたマイクをハーディ・瞬《しゅん》に渡す。またそのスタッフは移動し、別のマイクを手に取ってスタンバイ状態を取った。

壇上に戻ったハーディ・瞬《しゅん》はマイク片手に話す。

「まず、このように愚かな映画を皆様に見せてしまったことを、ハーディプロの代表として皆様にお詫《わ》びいたします」

そう言って、深々と頭を下げた。

丁重に、誠実そうに、何秒も腰を曲げ、ゆっくりと頭を上げた。

その表情に微塵《みじん》も揺るぎはない。むしろ自信がみなぎっていると思えるほどの覇気がある。

自分たちが夏休みを捧《ささ》げて作った渾身《こんしん》の映画を『愚かな』と言われて哲彦《てつひこ》は頭に血が上ったが、ハーディ・瞬《しゅん》の冷静さが気持ち悪く、拳を作って様子をうかがった。

「この映画は、きっと皆様におかしな疑念を持たせてしまったことでしょう。プログラムの順番とは変更となってしまいますが、解任の動議もあったことですし、緊急で質疑応答といたします。どのような質問にも答えますので、何かあれば手を挙げてください」

「お前が担当アイドルと浮気《うわき》をしたのはどう言い訳するんだ！」

マイクさえ待たず、哲彦《てつひこ》は立ち上がって叫んだ。

「テツ先輩……」

横にいる玲菜《れな》が哲彦《てつひこ》に落ち着くよう袖を引っ張る。

しかし哲彦《てつひこ》は止まれなかった。

「てめぇの勝手な行動のせいで、オレはクソみたいな母親から恨み言を何年も聞かされてきたんだ！ そんなクズが社長なんて立派な役職できんのか！ あぁ！」

ハーディ・瞬《しゅん》はやれやれとばかりにため息をついた。

「質問は挙手をしてからと言ったつもりだが……彼には言葉が理解できなかったらしい」

「何だと⁉」

「だが大人として、広い心で受け止め、誠実に答えたいと思います」

ハーディ・瞬《しゅん》は会場をゆっくり見回し、視線が集まっていることを確認する。

動揺した人間にはできない、余裕を感じさせる仕草だ。

「まず私は、過去に不倫を行い、そのことが原因で離婚に至ったことを認めます」

「……っ！」

大勢の前で、あのハーディ・瞬《しゅん》が殊勝な態度を見せている。

そのことに哲彦《てつひこ》は衝撃を覚えざるを得なかった。

「ただ、皆様にご考慮いただきたいのは、それは十五年以上前のことで、離婚の際には元妻としっかりと話し合いを行い、示談が成立しています」

ハーディ・瞬《しゅん》は哲彦《てつひこ》に手を向けた。

「彼が私の血縁上の息子であることは事実です。しかし元妻との示談の際、親権は元妻が持ち、私は息子と会うことを禁じられました。なので彼がどのような状況にあろうと、知ることさえできなかったのです」

「てめぇっ！」

哲彦《てつひこ》の脳裏によぎる、母親の呪詛《じゅそ》の声。

積み重なる恨みと、怒り。

それをそんな言葉で――

そう思うと、抑えきれなかった。

「落ち着け、哲彦《てつひこ》！」

「テツ先輩！　まだ聞くところっス！」

哲彦《てつひこ》は左右に座る玲菜《れな》と清彦《きよひこ》に押さえつけられ、どうにか怒りを押しとどめた。

「まさかこのような基本的な礼儀も知らないほど教育をされていないとは……。私も今、ショックを受けています。もし知っていれば、きちんと常識を教え込んだのですが……これは私の罪でしょう。お見苦しいところをお見せしてしまい、皆様には重ね重ねお詫《わ》び申し上げます」

哲彦《てつひこ》とは逆に、華麗とも呼べるような動作でお辞儀をするハーディ・瞬《しゅん》。

それによって会場は『駄々をこねる子ども』と『それに困る大人』という空気が流れ始めて

いた。

その中、挙手する者がいた。甲斐清彦《かいきよひこ》だ。

ハーディ・瞬《しゅん》は首で促すと、スタッフが清彦《きよひこ》にマイクを渡した。

「私の名前は甲斐清彦《かいきよひこ》。瞬《しゅん》社長の元妻の弟であり、ここにいる哲彦《てつひこ》の叔父にあたる者です」

「お久しぶりです」

「こちらこそお久しぶりです」

二人の関係は元義理の兄弟。

面識は当然あったが、直接話すのは随分と久方ぶりのことだ。

互いに大人のためひとまず礼儀正しく頭を下げ、清彦《きよひこ》は切り出した。

「私は哲彦《てつひこ》が口にした、社長解任の動議に賛同する者です。まず私は、社長の人格に疑問を呈したいと思います」

「……ほう。どうぞ、お好きに言ってください」

「では遠慮なく」

清彦《きよひこ》は淡々と……だが力強い口調で言った。

「私の姉は哲彦《てつひこ》に辛《つら》く当たりました。私はそれを間近で見て、哲彦《てつひこ》を隔離しましたが、皆様、よくよく考えてみてください。その原因は誰にあるか。姉は手ひどい裏切りを受けたからこそ、精神を病んでしまったのです」

「一方的な物言いには反論させていただく。あなたは元妻の肉親だから一方的に擁護している。元々私と妻は性格が合わないところがあり、彼女にはヒステリックなところがありました」

「ではプロデューサーとして、担当アイドルに手を出したことは？　そんな人間が社長をしている事務所は、世間から信用されないと思いますが？」

「その点には若気の至りがあり、過《あやま》ちがあったことを認めましょう」

ピクッと肩を震わせたのは玲菜《れな》だった。

「ただここではっきりと言わせていただきたいのは、その後十五年以上、私はひたすらに仕事に専念してきました。担当するアイドルに手を出す？　滅相もございません。ちょうどいいです。今、ここに私が育てた最高傑作である、ヒナくんがいます。彼女に私が一度でも不埒《ふらち》な行動をしたのか、聞いてみてください」

壁際《かべぎわ》で座って聞いていた雛菊《ひなぎく》が、星を宿したような大きな瞳をパチクリとさせる。

雛菊《ひなぎく》は走り寄ってきたスタッフからマイクを渡されると、あっけらかんと言った。

「プロデューサーからエッチな感じを受けたことは一切ないです」

トップアイドルからさらっと出てきたエッチという単語に、会場がざわつく。

だがその無邪気な感性、物言いこそが雛菊《ひなぎく》の真骨頂であり、だからこそ言葉の真実味がより増した。

「むしろ下心ある人から守ってくれていました。それは間違いないです。また過去は知りませんが、ヒナが出会った後は仕事ばかりしていて、遊ぶ暇もなかったんじゃないかなって思うくらいでした」

「ありのままを語ってくれてありがとう、ヒナくん」

雛菊《ひなぎく》がスタッフにマイクを返す。

ハーディ・瞬《しゅん》はどうだと言わんばかりに手を広げた。

「繰り返しましょう。私は、罪があることを認めます。しかしその罪はきちんと話し合いがつき、すでに過去のものです。またこれから詳細にお話しする予定ですが、今年度会社を増収増益に導いたことも評価いただきたいです。私以外に、誰がこの会社を導けるでしょうか？　見ての通り前社長の母は、体力的に厳しいです。他に候補はいますでしょうか？」

「…………………います」

か細いつぶやきは、不思議なほど会場中に響き渡った。

哲彦《てつひこ》は目を見開いた。

だって、こんなことは予定になかったから。

「ここにいる、甲斐《かい》哲彦《てつひこ》先輩です」

ゆっくり立ち上がり、震えた声を発したのは——玲菜《れな》だった。

ハーディ・瞬《しゅん》も意外過ぎる参戦者に、瞬《まばた》きをしている。

哲彦《てつひこ》は玲菜《れな》の袖を引いた。

「おい……っ」

彼女はあくまで裏方が役目。しゃべる予定などなかった。

そのため目立つ行動を止めようとした哲彦《てつひこ》だったが、玲菜《れな》は首を左右に振った。

「テツ先輩、言わせてください」

「っ！」

玲菜《れな》の瞳には、覚悟があった。

かつてないほど強い眼差《まなざ》しを向けられ、哲彦《てつひこ》は口をつぐんだ。

「……わかった。お前がそう言うなら」

マイクがバトンリレーされ、玲菜《れな》の手に渡る。

玲菜《れな》はゆっくりと息を吸い込んだ。

「テツ先輩は、凄《すご》い人です。ここにいるニーナさんは凄《すご》い人ですが、丸《まる》先輩を復活させることはできませんでした。けれどテツ先輩は復活させ、群青《ぐんじょう》同盟を作りました。そしてその群青《ぐんじょう》同盟は大きくなり、現在一般人への知名度も高いです。社長も凄《すご》い方だと思いますが、何もないところからここまでのものを作り上げた、テツ先輩のほうがトップに立つのにふさわしいと思います」

相手が少女であるだけに、ハーディ・瞬《しゅん》も声を荒らげることができず、慎重に尋ねた。

「君は……どこかで見たことがあるな……。確か、群青《ぐんじょう》同盟でカメラマンをしていた子、だったか……？」

「はい。浅黄《あさぎ》玲菜《れな》といいます」

瞬間、ハーディ・瞬《しゅん》の顔色が変わった。

「……………浅黄《あさぎ》？」

「すみません、ついでに一つ質問をさせてください」

玲菜《れな》は壇上のハーディ・瞬《しゅん》をじっと見上げた。

「母との関係は、『過ち《あやま》』だったと認識しているのでしょうか？」

「っ！」

ハーディ・瞬《しゅん》は瞳孔を開かせ、大きく一歩後ずさった。

「そんな……まさか……その苗字《みょうじ》……その面影……」

「初めまして。娘の玲菜《れな》です」

ハーディ・瞬《しゅん》は頭を殴られたかのようによろめいた。

「母は、あなたのところから去った後も、ずっとあなたのことを愛していました。あなたは違っていたということでよろしかったでしょうか？」

「あっ……い、いや、私は……私も……」

ハーディ・瞬《しゅん》は額に手を当ててブツブツとつぶやいていたが、ハッと我に返った。

「そ、そうだ！　美奈《みな》は今、どこに！」

「五年前に病気で死にました。それからはここにいるニーナさんや清彦《きよひこ》さんにお世話になっています」

「バカな……っ！　バカなバカな……っ！」

当惑するハーディ・瞬《しゅん》に、玲菜《れな》は優しく告げる。

「私はあなたに、特別な恨みを持っていません。それは母が、あなたとの思い出を幸せそうに語っていたからです」

「っ！」

ハーディ・瞬《しゅん》の顔が引きつった。

あれほど哲彦《てつひこ》が詰め寄っても顔色一つ変えなかったのに、今、十歳は年を取ったように衰弱して見える。

「改めてお聞きします」

玲菜《れな》は大切そうにマイクを両手で握り、上目遣いで尋ねた。

「――母との関係は、『過《あやま》ち』だったと認識しているのでしょうか？」

ハーディ・瞬《しゅん》の視界が揺らいだ。

脳が過負荷を起こし、認識が歪《ゆが》む。

「美奈《みな》……違うんだ……っ。ボクは……君と……君だけが……っ」

「私は玲菜です」

「玲菜《れな》……？　いや、違う……だってそのマイクの握り方は、君の癖で……」

「これは、私がよくお母さんの映像を見てマネをしていたので、つい出ただけです」

「じゃあ本当に、娘……？　ボクと、美奈《みな》との……？」

ハーディ・瞬《しゅん》がすぐ横に座るニーナに目を向ける。

ニーナは声に出なかった息子からの問いを正確に認識し、無言で頷《うなず》いた。

「じゃ、じゃあボクが見ていた幸せの幻影は、実際にあったというのか──」

ハーディ・瞬《しゅん》は額に手を当て、笑い出した。

「くくくっ……はははっ……」

その乾いた笑い声は、彼の理性が崩壊していくのを感じさせるのに十分なものだった。

本来であれば誰かがフォローすべき状態だっただろう。

だが誰も来ない。

助けはない。

ふと笑い声が止まり、ハーディ・瞬《しゅん》はニーナを見下ろした。

その顔には、狂気が宿っていた。

「お前が隠したからかぁ！」

突如、ハーディ・瞬《しゅん》は壇上から飛び降りた。そのまま駆け出し、ニーナの胸元を絞り上げた。

横に置かれたニーナの杖《つえ》がカランと音を立てて転がる。

慌てて清彦《きよひこ》が止めに入った。

「やめるんだ、瞬《しゅん》さん！」

「お前も隠ぺいに加担したんだろう！　それはわかっているんだ！　お前らがいなければ、ボクは――ボクは――」

ニーナは軽く洋服の襟を正し、座ったまま告げた。

「瞬《しゅん》、アタシが何で美奈《みな》さんをあんたから隠したと思う？」

「それはボクが浮気《うわき》をしたからで――」

「――違う」

凛《りん》とした声の響きは、混乱した場に秩序を取り戻させるのに十分な力を持っていた。

ハーディ・瞬《しゅん》は清彦《きよひこ》とつかみ合っていた腕の力を緩め、ニーナを見た。

「あんたが贖罪《しょくざい》の意識を持っていなかったからさ」

「……贖罪《しょくざい》、だって……？」

「美奈《みな》さんは持っていたよ。だからあんたの前から消えたし、アタシが支援すると言っても、かたくなに受け取ろうとしなかった」

「美奈《みな》は優しくて律儀《りちぎ》だから……。あんな女のためにそこまですることなかったのに……」

ニーナは深いため息をついた。

「あんた自身、罪はあると認めたね？」

「それは……刑事的な罪ではなく、あくまで夫婦のプライベートの問題ではあるから……」

「その態度が、あんたの元妻を狂わせた。その贖罪《しょくざい》意識のなさが――今の孫を作った」

ニーナが視線を横に向ける。

その先にいたのは――瞳にどす黒い炎を宿す哲彦《てつひこ》だった。

哲彦《てつひこ》は口を開かず、殺気を眼差《まなざ》しに込め、ただじっとハーディ・瞬《しゅん》を見つめている。

「うっ――」

「アタシだって清彦《きよひこ》さんだって、あんたに嫌がらせをしたくて隠していたわけじゃないさ。あんたがやるべきことをやらなかったから、明かせなかっただけだよ。もちろん哲彦《てつひこ》だって、あんたがきちんと贖罪《しょくざい》の意識を持っていれば、ここまでやろうとは思わなかっただろうさ」

ニーナは渋い顔をした。

「当然、これほどの大事になってしまったのは、アタシにも責任がある。ただ、あんたの母親として、会社の元社長として、諫言《かんげん》させて欲しい。あんたは一度役職を捨て、自分を見つめなおす必要があるんじゃないか――今日の一件を見て、そう確認したよ」

「――おい」

哲彦《てつひこ》が身を乗り出し、清彦《きよひこ》を摑《つか》んでいたハーディ・瞬《しゅん》の手首に手を伸ばした。

そのまま握りしめ、怒りに任せて握力を強める。

「お前は涼しい顔をしていたがな、冒頭のセリフ……あれは、オレがずっと言われ続けた言葉だ」

「っ……！」

「何度も何度も何度も……今でも夢で繰り返し見るくらい、ずーっと、だ……」

哲彦《てつひこ》の握力はさらに増し、爪がハーディ・瞬《しゅん》のスーツの生地の上から食い込んだ。

「周り、見てみろよ？　あんたの味方、誰もいないみたいだぜ？」

「――――」

ハーディ・瞬《しゅん》は慌てて周囲を見渡した。

彼に注がれる視線は、冷めたものだ。

哲彦《てつひこ》は尋ねた。

「一つだけ答えろ。あんたの目標は何だ？」

普段のハーディ・瞬《しゅん》ならば、哲彦《てつひこ》の問いに答えることなどなかっただろう。

しかし追い詰められ、美奈《みな》の幻影を見ていたハーディ・瞬《しゅん》は、うつろな瞳で思わず口にした。

「ボクは……世界的スターを作り上げ……母を超えたことを世間に知らしめ……できることならその力で美奈《みな》を見つけて……幸せな家庭を、最初から――」

「――その願いは永遠に叶《かな》わない。すべて、お前の自業自得《じごうじとく》のせいだ」

「ああぁ……あああぁぁ……」

ハーディ・瞬《しゅん》はよろめき、その場に膝をついた。

そう、すべては自業自得《じごうじとく》。因果応報。

今、この瞬間――決着はついたのだ。

ハーディ・瞬《しゅん》がスタッフに運ばれて退場する。

そして……。


「株主の議決権の過半数を超えた賛同があると認められたことから、ハーディ・瞬《しゅん》氏の解任の動議は可決されました」


司会者の声に、淡々とした拍手が送られる。

ニーナは、清彦《きよひこ》を挟んだ奥に座っている哲彦《てつひこ》に話しかけた。

「……哲彦《てつひこ》、瞬《しゅん》を追い出せたからといって調子に乗るんじゃないよ」

「回りくどいな。バアちゃん、何が言いたいんだ？」

「今回、瞬《しゅん》が社長から降りたのは、玲菜《れな》の影響が大きい。それはお前もわかっているね？」

「まあ」

「いや、そうじゃないっスよ！」

哲彦《てつひこ》のさらに奥に座る玲菜《れな》は、身を乗り出して否定した。

「テツ先輩が凄《すご》かったから、今日はうまくいったんスよ！」

「アタシはそう思わないね。哲彦《てつひこ》が与えたダメージはせいぜい二十パーセントくらいじゃないか？　残りは玲菜《れな》だよ」

哲彦《てつひこ》は肩をすくめた。

「それをオレは否定しねぇよ。オレは正直なところ、あいつが不倫を認めると思ってなかった」

わかってるならいいとばかりに、ニーナは頷《うなず》いた。

「もちろんお前の積み重ねは立派だった。そもそもお前が群青同盟《ぐんじょう》を作ってあれほど大きくしなければ、株主は聞く耳を持たなかった」

「年寄りの話は長くて困るぜ。結局何が言いたいんだ？」

ニーナは小さくため息をついた。

「復讐《ふくしゅう》を成し遂げたことについては、何のためらいもなく、誇るといい。玲菜《れな》を味方につけたのは、お前の今までの積み重ねと行動による。つまり、お前の力だ」

「バアちゃん……」

「ただし重要なのは『仲間の力も含めた』お前の力ということだ。その点を忘れずにいるんだよ。そういう警告さ」

「……わかった」

先ほど、ハーディ・瞬《しゅん》は解任された。

しかし総会はこれで終わらない。

社長がいなくなった以上、次の社長がハーディプロには必要だった。

「次の議題に移ります。ニーナ・ハーディ氏と甲斐清彦《かいきよひこ》氏により、次の代表取締役兼社長に、甲斐哲彦氏が推薦されました」

「はっ――？」

株主が驚くのも無理はない。

なぜなら哲彦《てつひこ》は高校生。社長に年齢制限はないにしても、あまりに常識外過ぎた。

確かに先ほど、玲菜《れな》は哲彦《てつひこ》こそが社長にふさわしいと言っていた。

しかしあれは家族間におけるやり取りの一部だ。

あの状況で、ハーディ・瞬《しゅん》が解任され、哲彦《てつひこ》が次の社長に推薦されるとまで想像した者は多くなかった。

「甲斐哲彦《かいてつひこ》氏から株主の皆様にお話があります」

マイクを手に、哲彦《てつひこ》が壇上へ上がる。

その横顔は、先ほどまでの怒りに満ちていたものとは違い、すっきりしていた。

復讐《ふくしゅう》を達成したためか、この僅かな時間で風格が出ている。

そう見る者もいた。

「甲斐哲彦《かいてつひこ》です。先ほどはみっともない親子喧嘩《げんか》を見せてしまい、大変申し訳なく思っています」

そう言って、哲彦《てつひこ》は深々と頭を下げた。

「まず私が高校生であることに不安を感じる方がいることでしょう。この点について、一つずつ皆様の不安を取り除いていきたいと思います」

哲彦《てつひこ》は自分の胸に手を当てた。

「私は本日付で高校に退学届を提出しており、明日からでも仕事に専念することができます。そのため学業と社長業務の兼任などということはないと、お伝えさせていただきます。また――」

哲彦《てつひこ》が舞台裏に向けて手招きする。

壇上に姿を現したのは――雛菊《ひなぎく》だった。

「ハーディプロが誇るトップアイドル、虹内《にじうち》・キルスティ・雛菊《ひなぎく》さんも私を支持してくださっています」

雛菊《ひなぎく》はペコリと頭を下げると、楽しそうに語った。

「ヒナは数か月前、哲彦《てつひこ》さんからある提案されました。その内容は、哲彦《てつひこ》さんが父親との勝負に勝ったとき、自分を支持して欲しいというものです。ヒナから見ると、哲彦《てつひこ》さんのほうが圧倒的不利な状況であるように感じられました。でも、もしプロデューサーを乗り越えられるほどのことができる人なら、組んでみたい――そう思って、提案を受けました」

それは群青同盟《ぐんじょう》が新入部員を選ぶために合宿を行ったときのこと。

哲彦《てつひこ》は初めて雛菊《ひなぎく》と二人きりになれる機会を持ち、将来を見越して提案したのだ。

末晴《すえはる》の覚醒のための起爆剤――その目的が大前提で雛菊《ひなぎく》を合宿に呼んだのだが、哲彦《てつひこ》の本命は提案を吞《の》んでもらうことだった。

ハーディ・瞬《しゅん》を会社から追い出すだけでは足りない。


――奪う。すべてを。


そう哲彦《てつひこ》は決めていた。

野心の果て。

先の先を見越した行動が、今、結実する。

「哲彦《てつひこ》さんは有言実行をしました。だからヒナも約束を守り、哲彦《てつひこ》さんを支持します」

ここまで言って、雛菊《ひなぎく》はいたずらっ子っぽくペロッと舌を出して笑った。

「っていうか、こんなことをしでかす哲彦《てつひこ》さんがプロデューサーになったらどうなるんだろうって、そこにワクワクしちゃってるのが正直なところです！」

筆頭株主であるニーナ・ハーディ。

稼ぎ頭である虹内《にじうち》・キルスティ・雛菊《ひなぎく》。

この二人の支持があることは、株主たちも無視できない。

「どうする……？」

「社長解任の事情から、醜聞が広まるのは間違いない、が……」

「事情から考えれば、彼に好意的な見方が出る可能性も……」

「だがやはり高校生は……」

「逆に若いことが話題性になることもありえるか……？」

「芸能事務所はもっと様々な収益方法に手を伸ばすべきだ。群青《ぐんじょう》同盟を成功させた手腕から考えても、デジタルネイティブ世代をトップに据えることは間違っていないのでは……」

株主たちのつぶやきを聞き、哲彦《てつひこ》は言った。

「ちなみに私が作った群青《ぐんじょう》同盟は、ハーディプロに所属させる予定でいます」

「なに……っ!?」

「じゃあ丸末晴《まるすえはる》と桃坂真理愛《ももさかまりあ》はハーディプロに復帰する、と……!?」

二人は直近でもドラマ『永遠の季節』で名を揚げ、若手俳優の筆頭と称されていた。また元々ハーディプロに所属していたのだから、復帰自体は自然だ。

雛菊《ひなぎく》に加えて末晴《すえはる》と真理愛《まりあ》が所属となれば、事務所の未来は明るい。

株主たちがパァッと顔を明るくした、そのとき――

突如、後方の扉が勢いよく開かれた。

「――そいつは都合が良すぎじゃないか！　なぁ、哲彦《てつひこ》！」

＊

すべては玲菜《れな》から送られる映像で見えていた。

哲彦《てつひこ》がどう勝負をしかけ、どういう顚末《てんまつ》で復讐《ふくしゅう》を成し遂げたか、その最初から最後まで。

（だが――）

俺は、哲彦《てつひこ》が社長になることでハッピーエンドになるとは、どうしても思えなかった。

「末晴《すえはる》っ！　お前……どうして――」

そこまで言って哲彦《てつひこ》はハッと気がついた。

「玲菜《れな》、お前のせいか――」

玲菜《れな》が気まずそうに視線を逸《そ》らす。

俺は言ってやった。

「確かにレナは映像を流してくれてたけど、本命の内通者はレナじゃねーぞ」

「なんだと……!?」

何気なく席から立ち上がり、さらりとマイクをスタッフから受け取り、俺へと近づく人がいる。

彼は俺に歩み寄ると、笑顔でマイクを差し出した。

「はい、丸《まる》くん。マイクなしじゃ大変だろう？」

「阿部《あべ》先輩……哲彦《てつひこ》が以前言ってましたけど、探偵になったほうがいいんじゃ？　それか公安に入ってスパイとかやったらどうですか？」

「君にまでそう言われるなら、考えておこうかな」

「いやホント、いい性格してますね」

「楽しみだよ、君たちがどういう結末を迎えるか」

さぁどうぞ、と言わんばかりに華麗な仕草で、阿部《あべ》先輩が行く手を譲る。

俺はマイク片手に壇上へ上がった。

他のメンバーは元々俺についてきただけ。

だから壇上に上がるための階段近くで待機している。

俺はマイクを握りしめ、はっきり言ってやった。

「瞬《しゅん》社長がやめることには俺も賛成だ。でもな……次の社長にお前がなるってのには反対する」

「はぁ？」

哲彦《てつひこ》は眉をひそめた。

「ふざけんなよ、末晴《すえはる》。今、お前が出てくるところじゃねーんだよ。お前は株持ってねーだろ？　お前の意見なんて、誰も聞いてねーんだよ」

「じゃあ俺やモモがハーディプロに復帰するって言って株主釣ってんじゃねーよ」

「……聞け、末晴《すえはる》」

息を整え、哲彦《てつひこ》は言った。

「オレがハーディプロの社長になれば、お前は進路に迷うことはねぇ。ハーディプロが、群《ぐん》青《じょう》同盟自体を引き受ける。お前は群青《ぐんじょう》同盟で活動をしつつ、役者としても活躍していけばいい。真理愛《まりあ》ちゃんも学校との両立ができるよう配慮してやれる。お前たちを誰よりも知っているオレだから、お前たちが一番やりやすいようにしてやれる」

「へぇ、お前が社長になるのは、俺たちのためでもあると？」

「そうだ。ずっと続くんだ。お祭りのような毎日が。お前もそれを望んでいるんじゃないのか？」

哲彦《てつひこ》のやつ、心をくすぐることを言ってきやがる。

確かに俺は芸能界に進むと進路を決めたが、事務所は決めてないし、群青《ぐんじょう》同盟での活動が終わりになるのは本当に寂しいと感じる。

哲彦《てつひこ》の言う通りまるっとハーディプロが群青《ぐんじょう》同盟を引き受けてくれるなら、この一年の青春がこれからも続くかもしれない。

でも、ダメなんだ。

その青春や幸せは、おそらく親友の幸せを犠牲にするものだから。

「言い訳してんじゃねぇよ、哲彦《てつひこ》」

「あぁ？」

哲彦《てつひこ》のこめかみに血管が浮き出る。

構わず俺は言った。

「お前が社長になりたいのは、今すぐ高校から逃げ出したいからだろ？　俺たちを言い訳にするんじゃねーって言ってんだよ」

「ボケてんじゃねーよ、末晴《すえはる》。オレのどこが逃げてんだ？」

「じゃあなんで高三の今、高校をやめるんだ？　あと半年で卒業だぞ？　社長なんて大学に行ってからだって遅くないだろ？」

「お前、今までの事情見てたんだろ？　オレ以外の誰が社長にふさわしいってんだ？」

「ニーナおばちゃん！」

俺は振り返り、杖《つえ》を手にする老婆に告げた。

「ニーナおばちゃんなら、哲彦《てつひこ》が大学卒業するまでの五年くらいやれるだろ？」

「ふっ」

ニーナおばちゃんは鼻で笑った。

「末晴《すえはる》、あんたねぇ……。アタシは杖《つえ》をついて歩いているんだけど？」

「重い病があるの？」

「別に。多少血圧が高いのと、膝の痛みだけだね」

「それって旦那さんと世界旅行して悪化してないか？　おとなしく社長業に戻ったほうがよくない？」

「アタシの余生を邪魔するんじゃないよ」

「大丈夫だって。ニーナおばちゃん、あと百年は生きそうじゃん」

「あんたねぇ……」

「元々ニーナおばちゃん、魔女みたいじゃん。俺の中で妖怪の一種みたいなもんだから、座ってるだけで大丈夫だって」

「はぁ……育て方間違ったかねぇ……」

「いくらハーディプロが親族経営だからって、哲彦《てつひこ》しかダメってことはないだろ？　とりあえず他の候補者を見つけるまではニーナおばちゃんが社長をやるのが、一番反対が出ないと思うんだよな」

「まあ、それは……そうだろうね」

「あとさ、孫がこんな風になっちまった責任ってやつを、もうちょっと取ってくれよ」

「………」

ニーナおばちゃんは無言になった。それは暗黙の了承とも取れた。

俺は哲彦《てつひこ》に向き直った。

「つーわけで、お前しか社長になれるやつがいないってのは、間違ってるってわかったわけだが」

「まだ説明は終わってねーぞ、末晴《すえはる》。オレのどこが逃げてるって？」

「じゃあ、言えるか？」

「何をだ？」

「彼女に、お前の気持ちを」

俺は反転して、群青《ぐんじょう》同盟のメンバーたちを見た。

俺が見つめたのは、メンバーたちの……具体的に言えば、白草《しろくさ》の後ろに隠れている少女だ。

峰芽衣子《みねめいこ》。

哲彦《てつひこ》の、想《おも》い人。

哲彦《てつひこ》が社長になろうと考えたのは、瞬《しゅん》社長の権限を全部奪い取ろうとした面があるだろう。

でもそれだけじゃない。

一番の理由は、峰《みね》の視線から逃れたいってことなんじゃないだろうか。

俺は母親の死で、目の前のあらゆることから逃げた経験があった。

だからわかる。

一度遠くまで逃げたら、逃げ続けてしまう。

どこかで後悔し、また向かい合うかもしれない。

でも逃げたほうがいいタイミングと、逃げないほうがいいタイミングはあるのだ。

俺のときはどっちが良かったかはわからない。

しかし今、哲彦《てつひこ》の置かれた状況は、確実に逃げないほうがいいタイミングだ。

「言えるなら、俺はお前の社長就任を応援する」

哲彦《てつひこ》が今、逃げずに告白するなら、高校をやめるのは逃げじゃない。社長になるのは、次の野望をかなえるための前向きなステップと言える。それなら素直に応援してやりたい。

しかし親友だからこそ、言えないなら賛同できない。

たぶん瞬《しゅん》社長が一つのボタンの掛け違いで不幸になっていったように、哲彦《てつひこ》もまたこのタイミングで告白できなければ、不幸になってしまう気がするから。

哲彦《てつひこ》は――

うつむき、ぐっと歯を食いしばると、つかつかと俺に歩み寄り、襟を絞り上げて来た。

「じゃあ、お前はどうなんだよ」

マイクを通さず、俺にだけ聞こえる声で言う。

「お前だってフラフラして、決めることができてねぇじゃねーか」

俺は大きく息を吸い、はっきりと告げた。

「……俺はもう、決めた」

哲彦《てつひこ》が驚き、目を見開く。

「哲彦《てつひこ》、もう一度聞く。本当に今、言うつもりはないのか？　お前が復讐《ふくしゅう》を達成した〝今〟こそがタイミングとしては最高なんだぞ」

哲彦《てつひこ》は視線を左右に惑わせ、最後に鼻で笑った。

「バカか。こんな人前で」

「じゃあ舞台裏に行っていいぞ。群青同盟《ぐんじょう》のみんなで場を繋《つな》いでおいてやるよ。ほら、告白してすっきりして来いよ。もう一度彼女とやり直すのは、お前がずっと望んできたことじゃないのか？」

「……っ！」

この状態に持ち込むことは、俺と阿部《あべ》先輩、峰《みね》の三人でファミレスで話したときに決まっていた。

問題は哲彦《てつひこ》が素直になるかどうかだが――

俺と阿部《あべ》先輩の予想は『たぶん告白しない』で一致した。ちなみに峰《みね》はそもそも、自分はすでに愛想《あいそ》をつかされていると思うので……という予想だ。

哲彦《てつひこ》は峰《みね》にフラれたのに、その峰《みね》からずっと熱い視線で見られ続けるという、一種の地獄のようなものを味わっていた。

復讐《ふくしゅう》に決着をつけて想《おも》いを告白したい気持ちは哲彦《てつひこ》に眠っているだろうが、あまりに長く視線にさらされたことで、まず峰《みね》から避けたい、離れたい、冷静になりたい、って気持ちになっているように思う。

もし哲彦《てつひこ》が峰《みね》への想《おも》いを最優先し、すぐに先に進もうとするなら、きっと幸せが待っている。復讐《ふくしゅう》を終え、愛《いと》しい人とともに歩むバラ色の高校生活が送れるだろう。

でも会社の社長になれば、峰《みね》との距離が出る。

こうなると厄介だ。

忙しさで一時的に自分の気持ちをごまかすことができてしまうし、まずは会社を軌道に乗せなければなんて言い訳も出てくるようになるだろう。

哲彦《てつひこ》はスーツの胸ポケットに手を当てた。

何が入っているのだろうか。いつくしむように一度撫《な》でた。

そして静寂の後、下唇をかんだ。

「バカ言ってんじゃねぇよ」

――逃げた。

そう俺は思った。

友のため、逃がしてはいけなかった。

俺は哲彦《てつひこ》の手を払いのけ、マイクに口を寄せた。

「哲彦《てつひこ》、俺と勝負しろ！」

「……っ！」

「勝負の場は、穂積野《ほづみの》高校文化祭！」

通称〝告白祭〟と言われる、奇妙な風習が残った文化祭だ。

去年、俺はここで散々な目に遭い――そこから群青《ぐんじょう》同盟は始まった。

ならばここで決着をつけるのが一番ふさわしいように思えた。

「お前はヒナちゃんを味方につけたんだ。彼女と組めばいい。俺は――」

俺が首をひねると、群青《ぐんじょう》同盟のみんなは頷《うなず》いて応えてくれた。

「みんなと、組む」

「へぇ……つまりは群青《ぐんじょう》同盟が反乱を起こして、リーダーのオレをクビにすると？」

「結果的にはそうなっちまったな」

「まあ、てめぇらがその気なら、相手になってやるよ」

哲彦《てつひこ》の瞳に、怒りが宿る。

これは瞬《しゅん》社長に向けていたものだ。

復讐《ふくしゅう》を果たしたにもかかわらず、哲彦《てつひこ》の中でまだ炎は残っていたのだろう。

まるで敵を前にしたようににらみつけてきていた。

「俺たちが勝てば、お前は自主退学を取りやめ、俺たちと一緒に卒業しろ。少なくとも社長への就任もしばらくは諦める。それでいいか？」

「……わかった。退学届は今日中に一時取り下げておく。じゃあオレが勝ったらお前は？」

「ハーディプロに入って、お前の言う通りに働いてやるよ。他のメンバーについては保証できねぇから、それはお前が後で確認しろ」

「いいだろう」

哲彦《てつひこ》は、座席で様子を見ていた玲菜《れな》に目を向けた。

「玲菜《れな》、お前は？」

「……あっしはこれに関して、パイセンのほうが正しいと思っているっス」

「そうか。じゃあ敵同士だな」

別のほうへ振り向きかけた哲彦《てつひこ》の背に、玲菜《れな》は告げた。

「でもテツ先輩についていくっス」

「は？」

「あっしはテツ先輩にどこまでもついていくって言ったじゃないっスか。テツ先輩の行動は間違っているなと思ってるけど……ついていくっス」

「……好きにしろ」

話はついた。

俺は株主席へ向けてごめんなさいのポーズを取った。

「つーことでニーナおばちゃん、まずは一か月、文化祭まで社長頼むわ」

「……やっぱり育て方、間違ったねぇ……」

ニーナおばちゃんは杖《つえ》をついて立ち上がった。

「でも、決着のつけ方はアタシ好みだ。わかった、老骨に鞭《むち》を打ってやってやるよ」

俺たち群青同盟《ぐんじょう》は、たくさんの事柄に取り組んできた。

CM勝負をしたり、MV《ミュージックビデオ》に参加したり、PVを作ったり……。

瞬《しゅん》社長に嫌がらせをされてドキュメンタリー作りもしたし、ドラマの続編EDや演劇もやった。

そのたびに全力で向かっていって——そのほとんどでうまくいくことができたと思う。

うまくいくことができた要因は、全員の頑張りだ。

しかし哲彦《てつひこ》の力無しで成功できたと考えるやつは、たぶん誰もいない。それほど哲彦《てつひこ》の存在と功績は圧倒的だ。

だからこそだろう。俺はいつしか思っていた。

群青同盟《ぐんじょうどうめい》が哲彦《てつひこ》抜きで課題に立ち向かうことになったら、どうなるだろうか、と。もしかしたら群青同盟《ぐんじょうどうめい》にとって最大の山で、最大の敵となるのは、哲彦《てつひこ》なんじゃないだろうか。

そんな想像をするとき、俺は馬鹿らしいと感じると同時に、たぶんワクワクしていたに違いない。

きっと俺は正面から哲彦《てつひこ》と戦ってみたかったのだ。

そして同時に、告白するきっかけを探していた。

黒羽《くろは》は、白草《しろくさ》は、真理愛《まりあ》は——

俺に告白するため、悩み、準備してくれていた。

だから俺もその気持ちに応えるには、悩み、準備し、ちゃんとした場所で……と思っていた。

穂積野《ほづみの》高校文化祭。

その中でも通称〝告白祭〟と呼ばれるステージがある。

去年、俺はそこで手ひどい目に遭った。

でも、いや——だからこそ、リベンジする舞台にふさわしい。

さぁ、決着をつける舞台は整った。

大好きなあの子に告白をしよう。

現在、告白されているのだからうまくいく——とは限らない。

そんな安易な思い込みは大きな失敗を招くと去年、思い知らされている。

でも好きで、告白しようと決めたのだから、もう進むしかない。

怖いけど、もっと関係を深めたいのなら、勇気を振り絞るしかないのだから。

目いっぱい格好をつけるんだ。

好きな子に褒めてもらうために。

群青《ぐんじょう》同盟最大の敵である哲彦《てつひこ》を破り、最高の状態で告白しよう。

そうすれば、その先にはきっと——


『——ヤダ』


ふいにトラウマが脳裏を刺激し、俺は頭を振った。

(うーん……)

そう、告白すればうまくいく保証なんてどこにもないんだよなぁ。

告白されたとき、即座にうんと言えていればきっとうまくいっただろうが、俺は三人を待たせてしまった。

はぁ、完全に墓穴だ。

でも、そう、今回こそ……。

俺の告白、うまくいかない、かな……？

いやマジでうまくいってください、お願いします、神様！

確率上げるために、本番まで腹筋と腕立て伏せとヒンズースクワットの回数増やしますので！

そんな風に俺は、内心で祈らずにはいられなかった。

あとがき

どうも二丸《にまる》です。おさまけのテーマの中には『初恋』や『復讐《ふくしゅう》』などがありますが、他にも『過剰な青春』というものも入っています。今回はこの点について書いていこうと思います。

皆さんは青春と言って何が浮かびますか？　私が青春と言ってパッと浮かぶものでは――学校！　恋愛！　友情！　部活！　勉強！　家族関係！　などがあるでしょうか。

青春要素の定義は人それぞれでしょうが、私は右に挙げたものが浮かんだため、おさまけには右の要素を意識的に『過剰に』入れてきたつもりです。

他にも、これは共感されるかわからないけれども……という気持ちも半分ありながら、自分が学生時代にあったらいいなと思っていた青春要素も入れました。

それが『敵』です。

ただ『敵』と言っても、欲しかったのは嫌なやつや恋のライバルではありません。ＲＰＧゲームに出てくるボスのような、仲間たちと冒険に出るきっかけとなる『敵』です。

しかしリアルな人生で考えると、そういう『敵』って難しいんですよね。

リアルに『敵』と考えると、どうしてもムカつくやつが浮かびやすい気がします。ただそんなやつをリアルに描いて掘り下げても胸糞悪《むなくそわる》いだけで、求める『過剰な青春』にはならないと思いました。私が欲しかったのはみんなで協力し、立ち向かう『敵』です。そんな敵を乗り越える過程に、冒険に、旅に、葛藤に、苦難に、青春要素があると私は思います。

そんな理想的な『敵』として生まれたキャラがハーディ・瞬《しゅん》でした。テーマである『初恋』の中でも『遅すぎる初恋』により幸福を手に入れられなかったキャラで、個人的に結構気に入っています。……いや、だいぶ問題のある人物ですけどね？　悪役も結構好きなんです。

末晴《すえはる》が光の青春とすれば、哲彦《てつひこ》が闇の青春と設定していました。裏主人公と考えている哲彦《てつひこ》とハーディ・瞬《しゅん》の確執は、『初恋』や『復讐《ふくしゅう》』の歪《ゆが》んだ闇の面であり、この二つを作品の大きなテーマにしている以上、しっかりと描きたいと考えていたものです。それが今回ようやく書け、大きな達成感を覚えています。

最後に、ずっと応援してくださっている読者の皆様、ありがとうございます。編集の黒川《くろかわ》様、小野寺《おのでら》様、イラストのしぐれうい様、本編コミカライズの井冬《いとう》先生、ありがとうございます。また、おさまけに協力いただいているすべての皆様に感謝を。

次、最終巻です。もしよろしければ最後までお付き合いいただければ幸いです。

二〇二三年　十月　二丸修一《にまるしゅういち》

間違いない。

哲彦、お前が今までの勝負で一番の強敵だ。

末晴と哲彦の勝負は文化祭

――通称“告白祭”。

因果はこの舞台へと収束する。

「俺は舞台の上で告白する」

「いつどこで告白したって、
相手の回答は変わらないかもしれない」

「でもさ、海の見える場所で
プロポーズして欲しいとかってあるし、
シチュエーションって大事だろ?」

「三人とも迷って、準備して、
勇気を出して
俺に告白してくれたんだ」

NEXT
SHUICHI NIMARU PRESENTS
VOLUME

次回予告

OSANANAJIMI GA ZETTAI NI MAKENAI LOVE COMEDY

そうだよなぁ……。

今までいろんな勝負をしてきたが、よく考えてみれば、

一番よく喧嘩をしていたのはお前だったよな……。

「だから哲彦に勝って、目いっぱいカッコつけて、
自分が最高と思える場所――
舞台の上で告白したいんだ」

末晴は哲彦との勝負に告白への決意を乗せ、立ち向かう。

末晴の告白する相手とは。

黒羽か――
白草か――
真理愛か――
それとも、他の子の可能性も……？

幼なじみが絶対に負けないラブコメ 13
VOLUME:THIRTEEN

次巻、完結！

近　日　発　売　予　定　！

◉二丸修一著作リスト

「ギフテッドⅠ～Ⅱ」（電撃文庫）
「女の子は優しくて可愛いものだと考えていた時期が俺にもありました1～3」（同）
「幼なじみが絶対に負けないラブコメ1～12」（同）
【ドラマCD付き特装版】
幼なじみが絶対に負けないラブコメ6　～もし黒羽と付き合っていたら～」（同）
「呪われて、純愛。1～2」（同）
「君はこの「悪【ボク】」をどう裁くのだろうか？」（同）
「嘘つき探偵・椎名誠十郎」（メディアワークス文庫）

本書に対するご意見、ご感想をお寄せください。

ファンレターあて先
〒102-8177　東京都千代田区富士見2-13-3
電撃文庫編集部
「二丸修一先生」係
「しぐれうい先生」係

本書は書き下ろしです。

電撃文庫

幼《おさな》なじみが絶対《ぜったい》に負《ま》けないラブコメ12

二丸修一《にまるしゅういち》

◇◇◇

2024年3月10日　初版発行

発行者　山下直久
発行　株式会社KADOKAWA
〒102-8177　東京都千代田区富士見2-13-3
0570-002-301（ナビダイヤル）
装丁者　荻窪裕司（META＋MANIERA）
印刷　株式会社暁印刷
製本　株式会社暁印刷

ISBN978-4-04-915133-6　C0193　Printed in Japan

電撃文庫　https://dengekibunko.jp/

電撃文庫DIGEST　3月の新刊

発売日2024年3月8日

第30回電撃小説大賞《金賞》受賞作

新作

蒼剣の歪み絶ち

著／那西崇那　イラスト／NOCO

この世界の《歪み》を内包した超常の物体・歪理物。願いの代償に人を破滅させる《魔剣》に「生きたい」と願った少年・伽羅森迅は、自分のせいで存在を書き換えられた少女を救うため過酷な戦いに身を投じる！

リコリス・リコイル
Recovery days

著／アサウラ　原案・監修／Spider Lily
イラスト／いみぎむる

千束やたきなをはじめとした人気キャラクターが織りなす、喫茶リコリスのありふれた非日常を原案者自らがノベライズ！　TVアニメでは描かれていないファン待望のスピンオフ小説をどうぞ召し上がれ！

アクセル・ワールド27
-第四の加速-

著／川原 礫　イラスト／HIMA

加速世界《ブレイン・バースト2039》の戦場に現れた戦士たち。それは第四の加速世界《ドレッド・ドライブ2047》による侵略の始まりだった。侵略者たちの先鋒・ユーロキオンに、シルバー・クロウが挑む！

Fate/strange Fake⑨

著／成田良悟　原作／TYPE-MOON
イラスト／森井しづき

女神イシュタルを討ち、聖杯戦争は佳境へ。宿敵アルケイデスに立ち向かうヒッポリュテ。ティアを食い止めるエルメロイ教室の生徒たち。バズディロットと警官隊の死闘。その時、アヤカは自らの記憶を思い出し——。

幼なじみが絶対に負けないラブコメ12

著／二丸修一　イラスト／しぐれうい

群青同盟の卒業イベントとなるショートムービー制作がスタート！　その内容は哲彦の過去と絶望の物語だった。俺たちは哲彦の真意を探りつつ、これまでの集大成となる映像制作に邁進する。そして運命の日が訪れ……。

豚のレバーは加熱しろ（n回目）

著／逆井卓馬　イラスト／遠坂あさぎ

この世界に、メステリアに、そしてジェスと豚にいったい何が起こったのか——。“あれ”から一年後の日本と、四年後のメステリアを描く最終巻。世界がどんなに変わっていっても、豚と美少女は歩み続ける。

わたし、二番目の彼女でいいから。7

著／西 条陽　イラスト／Re岳

早坂さん、橘さん、宮前を“二番目”として付き合い始めた桐島。そんなある日、遠野は桐島の昔の恋人の正体に気づいてしまい……。静かな破綻を予感しながら。誰もが見て見ぬふりをして。物語はクリスマスを迎える。

君の先生でもヒロインになれますか？2

著／羽場楽人　イラスト／塩こうじ

担任教師・天条レイユとお隣さん同士で過ごす秘密の青春デイズ——そこに現れたブラコンな義妹の輝夜。先生との関係を疑われるし実家に戻れとせがんでくる。恋も家族も諦められない！？　先生とのラブコメ第二弾！

青春2周目の俺がやり直す、ぼっちな彼女との陽キャな夏2

著／五十嵐雄策　イラスト／はねこと

『あの夏』の事件を乗り越え、ついに安芸宮と心を通わせた俺。ところが、現代に戻った俺を待っていた相手はまさかの……!?　混乱する俺が再びタイムリープした先は、安芸宮が消えた二周目の高校一年生で——。

飯楽園-メシトピア- Ⅱ
憂食ガバメント

著／和ヶ原聡司　イラスト／とうち

メシトピア計画の真実を知り厚労省の手中に落ちた少女・矢坂弥登。もう、見捨てない——夢も家族も、愛する人も。そう全てを失った少年・新島は再び“社会”に立ち向かうことを決意する。

新作

少女星間漂流記

著／東崎惟子　イラスト／ソノフワン

馬車型の宇宙船が銀河を駆ける。乗っているのは科学者・リドリーと、相棒のワタリ。環境汚染で住めなくなった地球に代わる安住の星を探す二人だが、訪れる星はどれも風変わりで……二人は今日も宇宙を旅している。

新作

あんたで日常《せかい》を彩りたい

著／駿馬 京　イラスト／みれあ

入学式前に失踪した奔放な姉の代わりに芸術系女子高に入学した夜風。目標は、姉の代わりに「つつがなく卒業」を迎える事。だが、屋上でクラスメイトの橘環と出会ってしまい、ぼくの平穏だった女子高生活が——!?

新作

プラントピア

著／九岡 望　イラスト／LAM
原作／Plantopia partners

植物がすべてを呑み込んだ世界。そこでは「花人」と呼ばれる存在が独自のコミュニティを築いていた。そんな世界で目を覚ました少女・ハルは、この世界で唯一の人間として、花人たちと交流を深めていくのだが……。

二月 公
イラスト／さばみぞれ
声優ラジオのウラオモテ
#01 夕陽とやすみは隠しきれない？
オモテは元気＆清楚なアイドル声優／
ウラはギャル＆根暗地味子な女子高生！？
プロ根性で世界をダマせ！
バレたらアウトの声優ラジオ
Now On Air!!
第26回
電撃小説大賞
大賞
受賞
電撃文庫

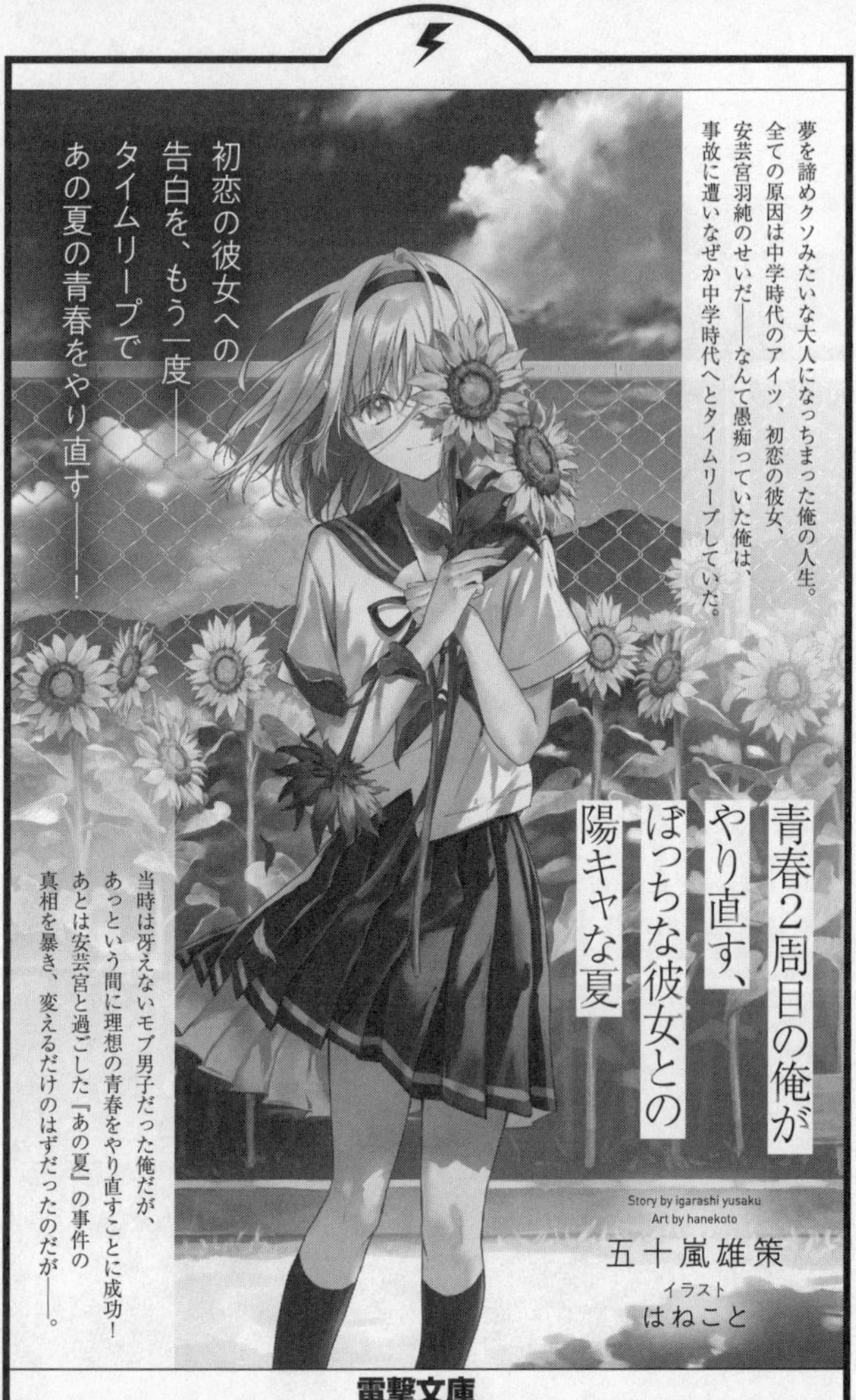
夢を諦めクソみたいな大人になっちまった俺の人生。
全ての原因は中学時代のアイツ、初恋の彼女、
安芸宮羽純のせいだ――なんて愚痴っていた俺は、
事故に遭いなぜか中学時代へとタイムリープしていた。
初恋の彼女への
告白を、もう一度――
タイムリープで
あの夏の青春をやり直す――！
青春2周目の俺がやり直す、ぼっちな彼女との陽キャな夏
当時は冴えないモブ男子だった俺だが、
あっという間に理想の青春をやり直すことに成功！
あとは安芸宮と過ごした『あの夏』の事件の
真相を暴き、変えるだけのはずだったのだが――。
Story by igarashi yusaku
Art by hanekoto
五十嵐雄策
イラスト
はねこと
電撃文庫

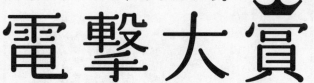